九歌少兒書房

九歌少兒書房 183

向有光的地方走去

黃秋芳——著
李月玲——圖

主要人物介紹

邱盈珊

對世界充滿迷惑，從來不哭，渴望從現實生活裡消失，是《魔法雙眼皮》和《不要說再見》書中主角陳明瑜和阿歡的女兒。

小蝶

情感纖細，能夠聞到死亡的味道，沉迷羅曼史，靠甜美溫柔來逃避生活中的恐懼壓力。

阿妙

個性爽朗，自由穿走在男生、女生的世界，很容易交到一大串朋友。

拉那路

熱情、勇敢。他的名字，只有排灣貴族才能用，意思是「揹，或者是抬起來」，只有貴族或勇士，才有機會被大家抬起來。這是他的排灣族爸爸和漢人媽媽，對他的期待。

陳明瑜

《魔法雙眼皮》裡的小女孩，經歷過《不要說再見》的折磨，即使成為媽媽，還是孤單、消沉，

需要很多的愛，一輩子都在慢慢學習，如何真心付出。

小瑤

聰明，博學，心胸寬闊，陳明瑜從學生時代到人入中年後最要好的朋友，同時也成為珊珊、小蝶、阿妙的新朋友。

目　錄 Contents

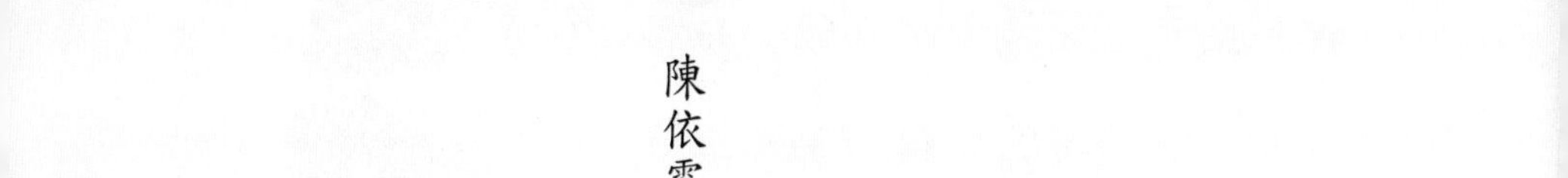

1. 會笑的珊瑚

七月七日早上七點七分，鬧鐘響的時候，不過拉了一下被子矇住頭，稍稍想賴一下床，眼前暗了一下，接著，即使隔著緊闔著的眼皮，也覺得眼皮外金黃璀璨、光色鮮豔，就那麼一秒鐘，身體一陣冷，天空大亮，打開眼睛一看，一下子血液冰凍，身體涼到發抖。

這裡是哪裡？真不知道這是怎麼一回事？

腦子裡中空了好一陣子。我不是還躺在軟軟的床上，不過想短短地、少少地賴一下床嗎？怎麼才一秒鐘，就跑到這裡來？媽媽哩？一

想到媽媽，忍不住發急，完蛋了，老爸上禮拜才不聲不響離開，這下我又不見，她一定會抓狂。

急忙爬起身，一看，站著的地方，居然是一塊好大好平的石頭，四面都是水，幾個月沒下雨，分區限水了好一陣子，忽然看到四處都是水，雖然水位超低，還是有點嚇人，真不知道到底發生什麼事？更糟的是，要怎麼跟媽媽解釋呢？扯開喉嚨，拼盡全身力氣向四面八方嚷叫：「媽媽，媽，你在哪裡？到底發生什麼事？這裡，這裡是哪裡？」

忽然，「潑喇」一聲，就在我身邊，有水聲劈空響起，水花濺了上來，討厭，衣服都被潑溼了啦！這怎麼辦？我探下頭，發現石頭邊靠著個大男孩，滿頭的水珠，眼睛好亮好亮。

「喂，你在做什麼？」他偏著頭問。我低頭一看，自己還穿著睡衣，好丟臉。還好，昨天才換上這件綴滿小白花的深紫色長睡袍，聞起來香香的，是奈米科技做出來的薰衣草香唷！店員姊姊說，因為沒有縫隙，就算丟進洗衣機攪拌，香氣也不會褪，哎呀！我神經啊！想到哪裡去了？睡衣就是睡衣，除了自我安慰，沒有別的用處，還是很丟臉，嘟起嘴，不高興地應：「我才不知道你在幹什麼哩？你幹嘛潑我水？幹嘛要躲在那裡嚇我？」

「我哪有嚇你？是你自己亂叫亂叫，你看，這裡的魚啊蝦的，都被你嚇到了。」他一翻身跳上石頭，站近我身邊，攤開手，掌心裡居然靜靜躺著一隻小小的魚，動都不動。怎麼辦？那小魚真是被我嚇昏的嗎？看了魚又偷看他一眼，天哪！他只穿一件窄窄緊緊的泳褲，急著轉過身背對他，整顆心咚咚咚咚急跳起來，忍不住又悄悄瞟了那泳褲一眼，他怎麼會有這麼漂亮的泳褲？發亮的藍緞，邊線繡了些混雜著紅、青、紫、黃的色線，看起來很隨意的線條，連續編綴出來的幾何圖形真好看。

真好看？虧我在這種時候還想得出這些字眼。我還穿著睡衣哪！和穿這麼少的男生靠這麼近，真是哭笑不得。好想念阿

妙，如果阿妙在，我一定會自在很多，她總是可以那麼開朗愉快地和各種各樣的男生聊天、說笑、計畫做這做那。

記得第一次和阿妙一起被老師指定到司令台前當升旗手，穿過全校長得最高最帥的樂隊指揮前，阿妙看起來好輕鬆，我卻抬頭挺胸，身體僵硬地往前走，假裝自己正義凜然地專心在「愛國」，其實心裡緊張得不得了，當我走到樂隊前面，不知道怎麼搞的，腳一滑，身體往前一撲，筆直地撞向地面，迎著樂隊指揮的眼睛狼狽不堪地爬起來時，幾乎，喘不過氣，還不得不用力吐出鑽進我嘴巴裡的滿嘴泥土。

那時候，真想立刻去死算了。

和阿妙就這麼熟起來。從小到大，很少交到什麼死黨，總覺得，時間一到大家就各自散去，直到遇到阿妙，那一整個學期，她每天一大早到我家來催我上學，後來還加上從小學開始一直和她同班的小

蝶，她們嘻嘻哈哈地把那個早上的「慘劇」，說得很好笑。

本來還以為那天是世界上最悲慘的一刻，沒想到現在更糟，明明還在睡覺，一下子就不知道自己到了哪裡？穿著睡衣，和一個不相識的「泳褲少年」靠這麼近，完全沒有別人。

不知道為什麼，我居然緊張得發抖。想起在學校裡我們一起湊錢買的羅曼史，大夥總喜歡偷偷摸摸在上課中傳著看，封面上色彩斑斕的俊男美女，每個禮拜、每個禮拜發行上市的新作品，熾烈多情地擠進我們平凡而貧乏的生活世界。

我常問阿妙，書出得這麼快，羅曼史故事真有這麼多嗎？從古代到現在，從東方到西方，超時空，角色扮演，陰陽靈異各種不可思議的組合，冷飯都已經不知炒過幾遍了，故事應該都寫得差不多了吧？我們到底還要不要相信，這世界上每一個人在出生時就和另外一個人一起繫了條紅線？

「這世界當然是這樣的。有一天，我們走在路上看過去，隔著幾千幾百個人，我們就會和迎面走來的那個註定和我們在一起的人，眼睛射到眼睛，交織出電光和火花來。」小蝶一直這樣相信。阿妙常常罵她：「拜託，你做夢啊！你知道每一次我們走在路上有多少汽車和廢氣廢煙嗎？而且，你看不到迎面走來的那個人，你們註定中間會隔著危險的快車道。」

「真討厭！幹嘛這樣說？」我扯了下阿妙，叫她住口。她每次都不耐煩地瞪了我一下，硬是要說：「本來就是這樣。」

就算我也覺得本來就是這樣，可是我都不說。因為，我很喜歡小蝶。小蝶很可愛，她

不和大家分攤買書，總是自己收集最新出爐的羅曼史，為每本書都裝上光可鑑人的書套，心情好時，看在死黨情份上，她會借我們看一些我們沒有買、她又覺得不能錯過的「精品」，或者是出版幾年後，租書攤早就淘汰、而我們仍然喜歡反覆閱讀的，像我們都很喜歡的作家席絹的《點絳唇》。

每次向小蝶借，她就會要求我們在閱讀前先把手洗乾淨，翻閱書本時儘可能小心翼翼，避免太用力產生摺痕。有一次，阿妙趁她不在時偷吃蔥油餅，偏又在《點絳唇》書頁上沾到油漬。一向天不怕地不怕的阿妙蒼白著臉，事情真的很大條，小蝶還沒回來，我已經開始頭痛起來。

第一個浮起來的念頭是假裝不知道這油漬是怎麼一回事。可是，小蝶看起來沒什麼脾氣，唯獨對這些書的熱情表現得非常瘋狂，我們都害怕她在毫無心理準備之下發現油漬，不知道會發生什麼意外，阿妙挺起胸，勇敢地說：「沒關係，好漢做事好漢當。我來告訴她這件悲慘的意外，反正都是我不對，隨便她怎麼處罰。」

話是說得很好聽，可是我們都有不好的預感。當小蝶一踏進門，發現我們臉色不對，立刻站定，聲音有點發抖，但還假裝鎮定地問：

「你們沒洗手就開始翻書？」

「不是，不是不是不是！」阿妙一疊聲地否認。小蝶慘叫：「那一定是你們摺到我的書囉？」

「不是，真的不是。」阿妙舔了舔唇，深呼吸，然後頭往後一仰，閉上眼睛遞上書，攤開的書頁上，清楚地印著阿妙大大的手指

頭的油漬子。小蝶愣住，盯著那油漬子，我們一下子都緊張得忘記呼吸。只看到小蝶接過《點絳唇》，像書中女俠葉盼融被狂人堡堡主抓住手一起墜下斷崖時一樣，美麗而孤傲地揮劍斬下自己的手臂，小蝶雙手一撕，整本書裂成兩半，我不知道，她怎麼會生出這麼大的力氣？

「被你握過的手，我可以不要。」葉盼融揮劍自行斷臂時，冰冷地告訴狂人堡堡主，她的心早就給了師父白煦。記得我們曾經一起為這一幕、這一句話瘋狂地掉眼淚，連最喜歡潑我們冷水的阿妙也不得不承認，還好席絹的武俠小說寫得很少，要不然，金庸就不會這麼出名。

那樣的場景和對話，實在讓我們印象太深刻了，以至於小蝶像葉盼融一樣冷冰冰地說：「被你們辜負的友情，我可以不要。」時，我們都氣得全身發抖，什麼意思？她把我們比成狂人堡堡主這個變態狂？

一直到放了暑假，我們都沒有再講過話。有時候，我會問阿妙：「我們是不是應該先向小蝶道歉？好像，偷吃蔥油餅、弄髒葉盼融，都是我們不對耶！」

「道歉？休想！」阿妙還是非常生氣：「她以為她是葉盼融嗎？你看我有哪一點像狂人堡堡主？居然敢這樣侮辱我。」

小蝶是不應該把我們比成狂人堡堡主啦！可是，她那麼心愛葉盼融，那本《點絳唇》，聽說是媽媽以前的年代出的書耶！還是一看再看，百看不厭，現在，就算要重買一本，也買不到了。說起來，還是我們錯得比較多。我偷偷看阿妙，想說乾脆我們道歉算了，奇怪，

她的表情和眼神，真的有「一點點」像狂人堡堡主耶！我終究沒說出話，只是常常懷念，小蝶總是在大家生氣的時候，先想到有一些理由值得我們笑，在我們「走衰運」時，想到許多美麗的事，那時候我們三個在一起，多快樂啊！

是不是我太想念小蝶了？以至於我也像小蝶一樣，充滿了羅曼史的胡思亂想。即使背對著那大男孩，好像我也看得到，他站在陽光下，赤裸著，全身閃閃亮亮的水珠，爍著耀目的金光。如果小蝶在這裡，她一定會激動得全身發抖。最好阿妙不要出現，否則我們一定會被罵：「小姐，你們想太多了。」

「嘿，你在這裡做什麼？」那男孩問。我其實沒有那麼大火氣，可是怎麼話一衝出口就沒什麼好聲

氣：「你咧？你又在這裡做什麼？」

「游泳啊！」他聳聳肩，又問：「那你在這裡做什麼？」

這下我真說不出話了。我不知道自己在做什麼，也不知道為什麼我會在這裡？我覺得很害怕，到底發生了什麼事？從來不曾一個人這麼孤單。抱著手臂蹲下身，頭伏進膝蓋間，並沒有打算要哭，他卻在身邊一直胡亂嚷著：「哎，喂，ㄟ，你別哭，你別哭啊！」

這個笨蛋，我怎麼可能會哭呢？我只是不知道該怎麼辦。不知道自己為什麼會在這裡？不知道老媽為什麼總是把我推得遠遠的？不知

道爸為什麼出走？也許，大部分的女孩子這時候都哭了吧？我完全哭不出來。

老媽常說，我是個怪孩子。從小到大，老媽很少和我講話，即使她就在我身邊，也只是愣愣地發呆、看電視，我常常一個人靜靜地翻書、玩洋娃娃，發明很多遊戲，只記得很小很小的時候，我常常夢見爸爸，爸爸的臉模模糊糊的，陪我玩很多遊戲，有時候，我想告訴媽媽，爸爸陪我玩耶！有時候，我想找媽媽玩，她總是茫茫然地看著我，我只好想辦法和自己玩。

還有一些時候，隔壁鄰居有小朋友來，碰撞到什麼摔跌下來，大夥一起被割到、撞到或打到，總有一些人哇哇大哭，我都在旁邊靜靜看著。我那千百種古怪當中，最常讓老媽掛在嘴上的是：「你為什麼沒哭？哭一哭就沒事了，你怎麼不會哭？」

幼稚園裡有一些男同學最喜歡作弄人，不是抓女生的長辮子，要不就是藏小蟲、丟鼻屎，偷塞一些怪東西在我們的抽屜。他們在我溜下滑梯時踩住長裙背後漂亮的蝴蝶結，蝴蝶結散開，拉成兩條長長的繩子把我吊在半空中，有人在笑，有人驚慌失措地報告老師，一直到老師出現後罵了那些惡作劇的男同學，我都沒有哭，只是靜靜看著那些男同學，一張又一張不一樣的臉。

小學時和要好的同學吵了架，在教室裡看著她和別人講話，看著她笑，我心裡好像都破破爛爛的，碎得像餅乾屑，也沒有哭。

最難過的一次是，老師讓我們自己改考卷，我沒注意到有個地方錯了，還粗心大意地畫上漂亮的一百分，後來被老師發現，他冷冰冰

地說：「老師不一定希望你們一百分，但最重要的是，要勇敢做個誠實的人。」

他提起紅筆，對著全班同學，在我的考卷上大大地畫上一個叉說：「邱盈珊〇分，不誠實的人沒有資格得到分數。希望大家要記住，老師希望你們誠實。」

那一天，那個瞬間，我一直都沒有忘記。還以為我會哭，可是沒有。上了國中以後更少哭。其實，我哭或不哭也不太有人注意了，印象裡只剩下老爸還很在意，居然在我的芭比娃娃臉上，畫上兩顆大大的眼淚，以為這樣我一定會大哭大鬧，我只覺得芭比流起淚真是醜死了，很快把她丟掉，爸真無聊，沒發現我上國中了嗎？

怎麼可能只為了一個醜娃娃就哭？

很少哭的我，怎麼可能會不為任何理由就哭起來？那男孩很快跳下水去，我吸了吸鼻子，看看水面，發現他抬起頭浮出水面，嘴裡咬了條毛巾回來，靈活地跳上岸遞給我：「喏！給你擦擦。」

「才不要，有你的口水，那多髒！而且你真笨，看不出來我根本就沒有哭嗎？」我嘟起嘴。他抓抓頭，一臉無辜地應：「沒哭最好，這毛巾很乾淨的啦！」

搖搖頭，我拉起長睡袍在臉上亂擦一通算做洗臉，可是沒地方刷牙。回頭一看，他笑得像一條咧開嘴的魚，忍不住跟著他笑了。他高興地抓了抓頭髮：「嘿，第一次看見你笑，好可愛。我叫拉那路，你呢？」

「拉那路？」才想說多怪的名字？趕緊又把話吞下去，我可不要讓他覺得我老是一肚子火。點點頭，回想阿妙和男生講話時那開朗的臉，我學著她那樣假裝自己很大方：「邱盈珊。笑盈盈的盈，珊瑚的珊。」

「會笑的珊瑚，好棒的名字！每個人的名字，都在預言我們的未來。我的名字是排灣語，貴族才能用的名字唷！意思是揹，或者是抬起來，你喜歡這個名字嗎？」拉那路亮亮的眼睛看著我，我低下頭，沒回答，這問題多好笑？那是他的名字，我喜不喜歡有什麼關係呢？而且，還是很怪耶！我忍不住問：「為什麼要把名字取做揹或抬呢？」

「因為只有貴族或勇士，才有機會被大家抬起來呀！」拉那路挺起胸膛，顯得非常驕傲。不爭氣的我卻在這時候，肚子「咕嚕」一聲，惹得他大笑：「你肚子餓了，我也是，從一大早玩到現在。到我家去吃飯吧！你會不會游泳？我揹你，哈，你也變成拉那路了！來，只要緊緊抓著我，我們很快就游上岸。」

「才不要，衣服會溼掉！」我嘟起嘴，有點苦惱，他居然想都沒想就應：「那就脫掉啊！」

「你欺負人！」我轉過身，不理他。他又繞到我身前來，搔了搔頭：「我什麼都沒做，怎麼叫做欺負人？你不要隨便冤枉好人。要不然這樣好了，你待在這裡，我回去拿早餐給你吃。」

「然後呢？」我不好意思再生氣了，不安地問：「難道，你要再幫我送午餐、送晚餐，我就這麼一個人一直待在這個大石頭上？」

「對啊！這樣待一整天也很無聊耶！」拉那路東看看、西看看，四周都沒什麼工具，只好再一次向我保證：「我真的不會欺負你。你還是緊緊抓著我，你雖然不是貴族，現在情況特別，我還是揹著你，

我們一下就游上岸了。」

「衣服會溼掉！」我的聲音變得很小聲，害怕等一下上了岸，全溼的睡衣會變透明。男生最笨，只會說：「沒關係的啦！我會拿我的衣服給你換。」

低著頭，看著我的腳趾，腳的中指比食指長了一點。老爸每次都興奮得要命，說我的腳趾頭，居然很像他耶！其實大家都說，我長得像媽媽，媽媽倒沒說什麼，就爸爸一個人喜歡嚷嚷，像媽媽好，像媽媽漂亮，只要腳趾頭像他就好。拉那路不知道我在胡思亂想，背轉過身去，反手拍了拍他的肩，要我靠上去。我走向前，伏在拉那路背上，身子一沉，往水底落下，水花濺得我滿臉，冰冰的，感覺得到他刻意地抬高上半

身，儘可能把我撐高，我還是有半張臉浸在水裡，勉強露出鼻孔呼吸，水面清澈，看得到許多小魚，或前或後，我的心像水草，和牠們一起浮游在金色的陽光下。

上岸後，跟著拉那路回家。天哪！他們家好大、好漂亮！矮矮的石板圍牆裡，好多花，鑲著亮亮的陽光金邊；沿著石板台階，一路上，大片的樹影搖移，有一隻大黑狗撲上來，拉那路抱住牠，一人一狗就在草皮上打起滾來，一下子滿頭滿臉的草和泥，屋子裡走出一位老爺爺大聲喝止：「喂，拉那路，不准和酷馬撒賴，你們長大了！牠不是保姆，是陪你去打獵的勇士！」

「哎呀！阿公，酷馬喜歡和我玩耶！牠這麼厲害，怎麼可能做不了打獵勇士？」拉那路一翻身，甩掉酷馬，又像隻狗一樣地撲向阿

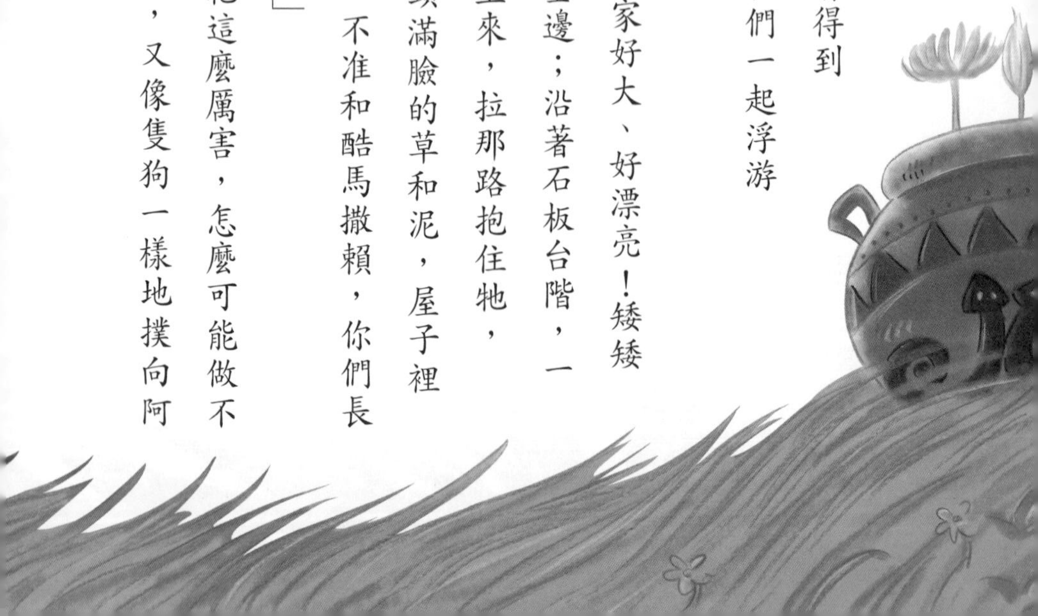

公，抱著他又笑又嚷：「阿公今天這麼快就從菜園裡回來啦？」

酷馬走回阿公身邊，莊嚴蹲下，偏著頭打量著我。阿公這才注意到有客人，拉那路牽了我的手過去：「阿公，你看，我在河谷邊撿到一個人！」

什麼？撿到一個人？

這人真不會講話。白了拉那路一眼，我摸了摸亂亂的頭髮，拉好衣服，很禮貌地向阿公點個頭，大概是太吃驚了，一路上居然忘了去注意，究竟，我那長長的睡衣有沒有變透

明？阿公從頭到腳打量著我，笑瞇著眼睛說：「好，好，進來坐，進來坐。」

好什麼？真不知道他到底在說什麼好？跟著阿公往屋裡走，這個家和我們平常看到的房子不太一樣，深色的木板大門比一般的大廳都高，刻了兩個好大的人形，頭很大，整個身體和頭的比例差不多，長得有點古怪，門板上的空隙刻滿了盛開的百合花。我驚奇地撫摸著這些雕刻，來不及回答拉那路一疊聲的追問：「怎麼樣？好看嗎？這是我爸帶著我一起刻出來的。」

很快，我的注意力又被漂亮的窗吸引過去，窗台基座由一整排陶甕堆疊起來，陶甕上刻著各種各樣幾何圖形和一條又一條很像小孩子畫出來的蛇，還刻意把蛇頭畫得大大的、抬得高高的。抬頭一看，整個屋子的窗子都開得很大，二樓陽台更大，大到像一個沒有屋頂

的客廳。沒有沙發，屋子裡的座椅不是石板就是原木，還有幾把大椅子真有意思，像一整棵樹從中間挖空後做成一個人，基座是腳，椅背刻成一個又一個長得完全不一樣的人頭，像一個神奇又熱鬧的「椅人家族」，我開心地摸過一個又一個「椅人」，拉那路還一逕在追問：

「怎麼樣？好看嗎？我爸和我刻的。」

直到阿公叫我們坐，準備去弄點早餐餵我們，我忽然從驚奇裡「恢復神志」，哎呀，糟糕！我還穿著睡衣。阿公好像完全猜得到我在想什麼，一拍拉那路的後腦勺，拉那路吐了下舌頭，替我找了件藍緞的短褲，配上白T shirt，橫過胸口一道寬排繡線，連續編綴出來的幾何圖形，紅、青、紫、黃混雜，看起來很隨意，有點像窗台上的陶甕，又覺得很像早上才看過的泳褲圖案。換上這些衣服，坐進「椅人」懷裡，阿公端上早餐，百合花的木刻盤子，香噴噴的麵包和蛋，真有一種「回家了！」的錯覺，不知道為什麼，我忽然衝出口：「好喜歡這些東西。」

拉那路滿臉得意，一副「我爸和我做的」那種神氣模樣。阿公微微一笑，不知道是不是我看錯，總覺得他的眼睛裡流動著憂傷。他慢慢說：「我也很喜歡這些東西。可惜，太晚知道了。拉那路他阿爸，是排灣族孩子，那年，他娶了我女兒，我們一直沒有太多往來，直到女兒沒了，大家心裡都不好受，想為她留下一點紀念，和拉那路、他阿爸，我們一起蓋了這莊園，院子裡的花和樹，屋子裡的桌椅門窗，陽台上寬闊的風和陽光，全

部都是我女兒喜歡的，住進來後才發現，原來我喜歡這些東西。」

「那真好！你女兒一定很高興。」我真心地替阿公高興。這世界上，可以和喜歡的人一起喜歡很多相同的東西，真的很幸福！我好高興，和阿公一起喜歡這些東西，一起吃香香的早餐，一起聽拉那路東扯西扯，講一大堆他阿爸告訴過他的排灣族神話故事。心裡彷彿浮起和阿妙、小蝶一起看羅曼史的甜蜜滋味；浮起全班同學和老師討價還價，從考三章、考一章，直到爭取到不用小考的勝利狂喜。

當然，也帶著點遺憾想起，爸每次粗手粗腳把媽搖醒，邀她去麥當勞吃早餐，她總是說她還想睡；晚上在家裡邀媽泡茶，她要看電視；星期天計畫一起去爬山，她又說太累。是不是爸爸提議的都不是媽媽喜歡做的事？還是，我常常很難過的偷偷想，爸爸根本就不是媽媽喜歡的人？所以，媽從來就沒有讓我們知道，除了看電視，她喜歡做什麼，還有，除了遙不可及的大明星Andy之外，她真正喜歡過誰？

媽到底喜歡過誰呢？從小到大，她一直不習慣我們和她太親近。拉那路說，媽媽如果不能一直注意著她的孩子，神就會帶走他們。我好想把這個排灣族神話告訴媽媽。傳說在很久很久以前，有一個忙著工作的母親，叫女兒照顧弟弟，弟弟肚子餓了，想要喝媽媽的奶水，母親沒聽到，善良的姊姊心疼弟弟，又不知如何是好，只能一遍一遍唱著兒歌哄他，神聽到女孩唱歌，特地跑來看，很同情他們，就讓弟弟睡著，把姊姊帶到天上，直到母親抱著弟弟，找了很久還找不到女兒，只能傷心地哭了，很多年很多年以後姊姊回來，神色悽愴地說：「我現在已經是神的孩子，不能回家了。請給我三粒粟米，我要在天上自己種、自己搗，當我搗粟米的時候，你們會聽到天上打雷，那是因為，我在深深的、深深的想念你們。」

原來，想念一個人，是這麼憂傷、又這麼美麗的事。天上打雷，就是深深的思念，我以後再也不會怕天上的雷聲了！

吃過早餐，阿公要拉那路掛電話通知媽，我在這裡，市區上游，離城市很近，有客運車，他會讓拉那路送我回家。離開那座美麗莊園前，我假裝自己就是神話裡那個可憐的姊姊，傷心地告訴阿公：「不知道什麼原因，我本來還在家裡睡覺，神忽然把我帶到這裡來。我想，以後我一定會明白的。請給我一雙你們家那種刻著百合花和漂亮圖案的筷子好嗎？希望當我拿起筷子時，你們也可以聽到打雷的聲音，因為我會一直深深的、深深的想念你們。」

這段話講得多美啊！小蝶在這裡，一定會感動到掉眼淚。該死的拉那路，一點都不配合，居然在我講這麼「纏綿悱惻」的台詞時大聲笑出來。還有阿公，也抿著皺皺的唇，眼看就快憋不住笑了，這是怎麼一回事？他們都不曾看過羅曼史嗎？這時候，不是應該要有人掉眼淚比較「有氣氛」嗎？可見小蝶真的是一個難得的好女孩，她總是認真地配合我們的氣氛，沒有小蝶，我只好「很沒氣氛」地離開山區，沿著一條河，宛宛延延地回到人與車簇擠著的乾燥城市。

媽媽在車站裡等我。遠遠地，看著媽，忽然想到，媽媽眼中的我，到底是什麼呢？這世界上除了拉那路，還有誰會覺得，我是會笑的珊瑚？

2. 媽媽，你相信我嗎？

珊珊終於回來了。她說，一睡醒，就發現自己在山裡，她不知道自己為什麼會一睡醒就在山裡。我接不上話，這孩子是怪孩子。從小到大，她很少哭，也很少聽到她講話，每次講話，都只覺得她很古怪。

記得她剛上小學沒多久，有一天晚上忽然說：「媽，我們的命運都一樣。我們所愛的人都不認得我們。」

那時，心裡急跳了下，悶熱的屋子猛地涼了起來，立刻，把整日放大在屋子裡的電視聲音調小，認真看著珊珊問：「你在說什麼？」

「本來就是這樣啊！」珊珊指著電視上正在接受採訪的大明星Andy說：「你這麼愛Andy，我也那麼愛二年五班的班長，可是，他們都不認得我們。」

原來只是這樣。放下心來，還是放大了電視音量，室溫又恢復原來的窒熱。我其實不怕熱，很少流汗，只是這些年氣溫一年比一年熱，他們說這叫溫室效應，每一天都覺得全身黏答答的，隨時絞得出油漬。電視裡的Andy看起來也熱，亮閃閃的汗黏在兩鬢，映著汗漬的臉老得更快，這些年偶像一個比一個竄得快，Andy表面上仍端著「天王巨星」封號，早已名存實亡，四十幾歲了，藏不住眼梢眉角裡的風霜，面對主持人對他單身生活的諸多試探，不免露了寂寞形跡，在電視裡承認：「有個夜裡燒得厲害，為了喝口水，爬了將近半個鐘

頭才從床頭挪到廚房，水一含進嘴裡，真覺得，身邊有個人不知道多好！」

身邊有個人不知道多好！這樣的語句，聽起來讓人心酸。從年輕時就迷Andy，想不到他也會老。我們都這樣眼睜睜看著青春，離我們越來越遠，只能一直盯住螢光幕，一年又一年，直到人生的各種期待和夢想都卸下了，只剩下最低最低的標準，身邊有個人不知道多好！

身邊有一個人，真的是自己想要的嗎？腦子裡轟轟響著珊珊嫩嫩的聲音，我們所愛的人都不認得我們。聲音裡疊著一張又一張模糊的臉，從來不在家裡說話的爸爸；不曾真正快樂過的媽媽；一找到工作就決然離開家的姊姊；不斷投資失敗、不斷負債逃帳的松崗……。

好像，在我生命裡的每一個人每一張臉，都是淡出的鏡頭，很近，卻只覺得遠，除了阿歡。只有阿歡。腦子裡的運作停格在這裡，荒煙漫漫，雲靄悠悠，那張永遠青春著的臉顏，像幾百隻失了魂的蝴蝶飛起飛落，沒有風，光是空蕩蕩地扇著搖著，那麼遙遠，那麼瘋狂，卻永遠那麼鮮明。

「媽，你怎麼哭了？」珊珊關了電視問。我有點吃驚，一時回不了神：「媽媽哭了嗎？我不知道，我怎麼會哭了？」

「沒關係，媽媽不要哭。Andy不喜歡你沒關係，我喜歡你。」珊珊抱住我。好熱，不自覺推開她。

不想哭，眼淚卻一直掉一直掉，珊珊用那雙最喜歡在美術教室裡塗黏土的手，在我臉上抹過來、塗過去，像一團又一團遙不可及的雲塊，白的，灰的，藍的，淺的，暗的……，曾經，我就這樣無邊無涯地，痴痴張望著天

空，只有我一個人，孤孤單單。

我大哭，用力推開珊珊。

珊珊張大眼睛，縮在一邊盯著我看。她被我嚇壞了吧？嘆了口氣，倦得伸不出手去安慰她。一直覺得自己很寂寞，向來，只有阿歡喜歡逗我笑。阿歡走了，這些年的生活越過越疲倦，不是和阿歡相約一百次了嗎？永遠不要說再見！阿歡怎麼可以就這樣消失，來不及說再見，來不及挽回，那些重疊過的形影，沉到深深的、深深的太平洋，也同時沉到深深的、深深的我再也找不到的肌膚骨肉裡最隱密的角落。

來不及說再見。阿歡，永遠，永遠不能向我說再見了！在珊珊來不及長大以前，我掉失了魂魄，光只剩下空洞的呼吸，每一天每一夜，只坐在大樹下張望天空，無止盡地，等著阿歡回來，一團又一團遙不可及的雲塊，白的，灰的，藍的，淺的，暗的……，癡癡相信，下一秒鐘，阿歡會踩著雲塊，一步一步走來。

阿歡不會回來了。小瑤打了我一巴掌，打醒我全部的希望和等待。我搬離阿歡爸爸媽媽家，徹底從他們的世界消失，同時也希望自己，徹底把阿歡拔除，從遙遠而悲傷的等待醒來。

以為自己，不會再愛了，時光凍結，沒有阿歡，我永遠不能活生生笑著、快樂著。那時候真沒辦法想像，生活還是繼續下去，找工作，遇到松崗，像任何一個婚紗照片裡的女人，找一個人相戀、結婚，毫不遮掩地展示著短短的幸福。

這男人真的不能再挑剔了！一大早，呵我的癢推著我醒來吃早餐；在夜裡不管有多冷，都嚷著要上山看媒體炒熱的流星雨。陪著我訂房子，選傢俱，裝飾客廳、臥室，接待朋友，更重要的是，和我一

起，收養阿歡心愛的珊珊，沒有人告訴珊珊，松崗不是她的親生爸爸。松崗一直不知道，我答應和他結婚的原因，只是因為他和阿歡同姓，我想要珊珊姓邱，阿歡不在了，就這樣過到天荒地老，也沒什麼不好。

不能這樣過下去的是松崗。他一次又一次問：「你快樂嗎？為什麼再美好的地方、再美好的時候，你總是別過頭去，不肯好好看我？跟我在一起，你到底快樂嗎？」

我別過頭去。沒辦法告訴松崗，我想要的不是這些，我只想，想要阿歡回來，我沒辦法告訴任何人，我要阿歡回來。

在數不完的粗糙爭執裡，松崗眼裡的眷戀和心裡的溫柔都慢慢耗盡，只能拚命在金融數字上下工夫。看股市漲跌，存摺上的數目如潮起潮落，瘋狂膨脹，又無情地退，最後一筆積蓄在融資斷頭後，他解約定存，湊足僅餘的存款買了部漂亮的賓士，丟下一句，越是窮人就越不能讓別人看到底。從此，家就變成他偶爾才回來洗澡、換衣服的免費旅館。上禮拜在股市不明朗的狀態下，他硬是賣了僅餘的賓士加碼追高，然後突然地，一整個星期看股市一路創新低猛往下跌。我很少過問他做些什麼，只是和他討論：「是不是該暫時收一下手？」

他以為我在責怪他，立刻生氣失控，紅著眼睛激動地指著我的鼻子：「就是你，從你跟在我身邊，做什麼都不對。我要是有錢，早就走了！」

還沒等到有錢，他大概罵累了，甩了門就走。真的，用走的！連那台我在接送珊珊的破舊二手喜美，他都沒有開走。一想到那個慌慌的夜，忍不住躲到珊珊房裡，想要抱抱她。十幾年來第一次這麼需要珊珊。珊珊往裡一縮，我抱了空，覺得十分心酸，也許不是珊珊很

怪，是我，我才是個怪媽媽，把自己關在孤孤單單的電視城堡裡，城堡外流盪著離我很遠很遠的，珊珊。

沒人知道我還惦著阿歡。除了小瑤。我這輩子，只剩下小瑤記得我年輕、頑皮、快樂熱情的樣子。和小瑤多少年沒見過面了呢？這些年我們是怎麼各自走來的？誰都忙忙碌碌，這世界的運作光就忘了我，松崗走了，珊珊大了，家也空了，我一個人像空有一個殼的遊魂。

珊珊從山裡回來後，反覆只是問：「媽媽，你相信我嗎？前一天我還在房間裡睡覺，一醒來，就發現自己忽然在山裡，你相信嗎？」

我不知道該怎麼回答。只記得找不到她的那個早上，我好害怕，害怕我生命裡的每一個人都留不住。誰都會消失，從此不能再見。唯一留在我身邊的珊珊也消失了，像阿歡、像松崗，像遙遙遠遠的小瑤。

忽然好想找到小瑤。翻箱倒櫃，找出很久沒用的電話簿，掛電話找到小瑤，小瑤安靜著，很久，電話線另一端沉靜的聲音緩緩在說：「我們很久沒連絡了吧？我生病了，胃癌，一發現就是末期，不要難過，還可以再聽聽你、看看你，我覺得很幸福。」

電話裡她沒有多說。鹹鹹的淚侵佔著我的臉，話都哽在淋淋的刺痛裡。電話一直沒有掛斷，小瑤沒有聲音，我也沒有，她的身體虛，也許睡了去，我大概是哭累了，居然抱著聽筒睡著。

醒來後，開車去看小瑤。空氣燥黏，鋒面盤在天空，雲色黯而重，離這城市遠遠的，彷如還有一段走不完的路，不知道什麼時候，雨水才下得來，熱空氣竄擠成一串又一串不規則的曲折姿形，像隱身的舞孃，模糊了視線，只看到貼住車窗玻璃前的煙靄蒼茫，讓人不忍

地想要閉上眼睛，大地，一切就要乾掉了。

小瑤看起來更乾。光著頭，假髮、頭巾，什麼都沒戴，臉色白白的，因為瘦，比以前顯得更小，屋子乾淨而明亮，薰了檀香，音響裡流竄著輕輕的阿彌陀經，除了四壁的書，任何裝飾都沒有，甚至沒有電視，真不知道，沒有電視要怎麼過日子？

一整個上午我們其實沒說什麼話。她很虛弱，常常，坐了半個鐘頭、四十分鐘，就沉睡一、兩個小時，起身和睡下都耗損著她僅餘的一點點勁力。特約看護在上、下午過來兩次，替她打止痛針。趁她熟睡時出門為她買了些食物，經過園藝店，天氣燥乾，店裡每一盆植物都奄奄一息，奇怪的是，我心裡有一些早已乾涸的祕密角落，卻意外甦醒，想要做點事，想要更多一點並不確定的「什麼」，想來想去，還是帶了盆萬年青，希望替小瑤簡淨的屋子添一點人氣。

松崗常問，我到底想要做什麼呢？珊珊接著會說，媽媽想要看電視。我真的看電視，整整看了半輩子了嗎？

這二、三十年來我到底是怎麼過的？身體裡好像沒有半點溫熱，光只是毫無知覺地淌著汗。點了爐火，很高興手心裡熅了些溫度。熬雞湯，用雞湯拌切碎了的香菇、青菜、胡蘿蔔，燉一小鍋稀飯，小瑤醒了時呵著雞湯粥熱熱的煙氣，臉色稍稍紅了起來，她沒有吃，光是靜靜看著我。

我被她看得有點不安，端起碗一口一口餵著她，小小的湯匙，載著熱呼呼的粥慢慢滑進小瑤白白的唇裡，晃搖著，像一葉小船，盪著我們逝去的一大段歲月。阿歡出事後，小瑤也不知道是怎麼找到我的，那時候忘了問，後來又失聯了，只記得她一直毫無建設性地陪著我，沒有安慰，沒有說教，直到甩了我一巴掌後，毫無顧戀地走向她自己的人生。

阿歡走了，我又掉了小瑤。一個人，無助地蜷伏在始終過不去的霧黯裡，縮得小小的，靜靜看著小瑤經歷明星學校，出國，在異鄉取得碩士、博士後，輾轉在幾個學校任教，一待就是十幾年。當大部分的人都在不景氣中面臨艱苛的求職困境，當松崗在社會競爭裡承受一次又一次磨難並且頹廢放縱，當我惶惶疑疑在屋子裡貼滿Andy的巨型海報沉迷在電視裡，在報紙上，忽然看見頂著最新「全語言教育」專長回台的小瑤，輕易回到母校任教。

全語言教育，whole language，這到底是什麼東西呢？我仔細讀著

報紙，大致弄清楚，教育是全面的，語言的學習在每一個環節都發生運作和效果。可是，這世界上，哪一件事不是在每一個環節都會發生運作和效果？這件誰都知道的事，為什麼得在國外鑽研十幾年才學得會？這是個什麼樣的奇怪學位呢？

雖然一直沒有弄明白，我還是非常高興，小瑤回來了！很快和小瑤連絡，邀請她到家裡來坐坐。我們聊了一下午，大半都是小瑤不斷提出問題，我回答，讓她在最短的時間裡了解這塊離開十幾年的土地，唯一讓我難過的是，小瑤回家前向我道謝：「真的很謝謝你！還麻煩你親自下廚，我那些教授朋友們平常都很忙，只會約在餐廳，很少有人有時間像你這樣，自己做菜，過平常日子。」

好像我很空、很沒有用似的，忽然覺得小瑤很討厭。不過，只難過一下子又覺得自己不必太計較，小瑤本來就是那種實事求是的「有用的人」，像我這麼平凡的人，除了看電視，還可以擁有一個這樣有用的朋友，已經夠好了，我不太找她，不敢佔用她的時間，讓她去做更多有用的事，反正，我可以在報紙看到她順利升等，看到她持續的辛苦和努力。

回國沒多久，小瑤發現國內繼續在使用含鉛汽油，含鉛汽油問題很多，尤其，對孕婦和胎兒的傷害最大。小瑤和我不一樣。對於任何不滿，她一定會找到有效而準確的對抗方法，果然，我看著她，演講，投書，寫文章發表、結集，所有的演講鐘點、稿費和版稅，全部捐給「畸形兒保護協會」，呼籲全面禁用含鉛汽油，全力推動無鉛汽油使用環境，不久後，含鉛汽油果然全面禁用。

貼近在小瑤身邊，看著台灣的歷史翻到另一頁，不知道怎麼說，我就是想好好珍惜小瑤。可惜，我們越走越遠，像隔著千山萬水，她

一直都抽不出時間，像年輕時那樣和我聊聊天、說說笑、吐一吐苦水，我才慢慢發現，無論是阿歡、小瑤，或者是任何一段過去，原來都是永遠回不去的記憶。

接著，小瑤捲入擴及幾個學院間的行政風暴。入闈評改大學英文作文時，小瑤眼看著許多夙享盛名的大學教授，給分時敷衍了事，不少胡亂填上「Trust me, you can make it!」等廣告用語的英文作文卷子，憑空拿了五分、十分不等。顯然誰都沒有認真評改。這對認真準備的考生，當然是不公平的傾軋，她沒辦法接受，先是在闈場裡極力糾舉，教授們笑著勸她，不必太當真，閱卷費沒有多少，何必太賣力？在這個圈子

裡，誰不是這樣過日子呢？

沒想到，小瑤還是不肯這樣過日子。她整理證據，向教育單位和媒體同時舉發，那時候報紙整天炒作，風暴越掀越大，我真害怕，小瑤會受到傷害。

好不容易波瀾起伏的學院爭鬥一落幕，小瑤好像一點都不知道自己身處在暴風圈裡，仍然一本正經地參與教育改革，和整個中小學教育體系對立。我找過她一次，其實我也不懂什麼，只是想勸勸她，什麼都要忍一忍，反正這也不只是我們一個人的事，一定會有別人去想辦法。她不能置信地問：「你怎麼會變成這個樣子？」

我什麼都說不出來。我現在是什麼樣子？原來的我，又是什麼樣子呢？我不要她一直這樣戰鬥，又偏偏戰不贏她，她好像從來也不在乎我對她的關心。

像任何一次出現在報紙上一樣，她後來又抨擊整個教改體系充滿危機，越來越依賴使用那些切割得破破碎碎的學習單來評量學生、老師、校長，甚至評量一個學校。她要求學習單做整體規劃，讓「全語言」學習成為教室裡最自然的互動過程，大力鼓吹學習是一種合作冒險，所有人的學習都牽連在一起，我們必須重視內在動機，尊重「學習者」先前經驗，讓他們選擇、擁有整個學習過程；尊重「教師」的專業判斷，讓他們自由地修改、調整現成的教材與課程，以符合學生需要，讓課程完整、真實，確實和生活相關。

我真的不明白，學習單離我們那麼遠，小瑤為什麼一定要力爭到底？任何時候遇到她的同事，他們都叫她「聖人」。

這樣的小瑤和我那平凡寒酸的日常生活，距離越來越遠，不必刻意，我們終於斷了連絡。我們那遙遙相距的落差，知識，價值，不同的朋友，不同的居住環境，完全不一樣的生活內容……，因為這時候她需要我餵著她，這一湯匙又一湯匙的熱粥，拉近我們彼此，慢慢溫回到國中時的相貼相近，仍然熱呼呼的，比小瑤咀嚼著的熱粥還要滾燙。

樣樣能幹的小瑤，居然，只能軟弱地靠著我，那個被小瑤甩過一巴掌後小心翼翼綑縛在我心口小小角落裡無助的小小女孩，忽然，曝曬在陽光下，活鮮鮮地從角落裡釋放出來。長大，長高，好像重回青春時急切想要認識全世界那樣熱烈。不同的是，我們的臉皺了，頭髮也白了，還有，我們急切想要聽、想要說的，再也不是這個、那個祕密，這些、那些不可思議的傳奇，只想起一兩件身邊的舊人舊事，都是自身瑣碎，很少再關切到全世界。

不再害怕被小瑤嘲笑，自己不過是個時間太多的家庭主婦，慢慢

學會在小瑤面前，勇敢談起自己的真實生活。我問小瑤：「你相信有人會一覺醒來，發現自己忽然在山裡嗎？珊珊就是這樣。前陣子她忽然失蹤，明明鬧鐘響時，還聽到房間裡她在賴床的聲音，然後無聲無息消失，直到山裡的孩子送她回來，這樣的怪事，你相信嗎？」

「重要的是，你相信嗎？」小瑤聲音微弱，但卻無比堅定：「你相信，你的孩子會這樣憑空消失嗎？」

「我不知道。」放下湯匙，我覺得有點茫然：「也許，我相信我身邊的每一個人，都會憑空消失吧？」

「說不定這就是答案。」盈

珊是應著你潛意識的召喚才消失的。」小瑤這樣說。這不是太奇怪了嗎？我是生了珊珊，可是，她又不是我的財產，怎麼可能由我決定她的一切？如果真是這樣，那阿歡怎麼說呢？我們不是約好，永遠不要說再見嗎？為什麼他也消失了？大概是我的表情太過古怪，小瑤指了指浴室邊的那片書牆，我回頭，忍不住覺得好笑，小瑤的書真多，中英文都有，靠近床邊的整一大片牆，擺的是癌症專書；再過去就佔滿各種醫療養生的主題。

她又不是醫生，只要好好配合醫生、扮演一個病人角色就夠了，讀這麼多書做什麼？至於她刻意指出來的那一大片牆，全都是關於新時代、宇宙磁場、生命奇蹟、清淨人生、身心靈整合……這一類書。

她躺下，精神倦怠地說：「我有點累。你如果有興趣，可以看看這些書。生病後，我mail給其中幾個作者，和一些相關博士做了些討論，在美國，有些身體奇蹟，確實留下許多臨床紀錄，卻永遠找不出科學證據。」

小瑤很快睡了。我覺得有點誇張，她不是看看書就好，還要和作者通信、討論。美國作者耶！天一樣遠的地方。想必在醫院裡，她也不是單純地被治療，一定會和醫生對話、討論，真不知道那醫生有小瑤這麼會讀書嗎？要是醫生像到我就糟糕了，我最怕看書，本來還想打掃一下屋子，可是到處都收拾得很乾淨，雞湯和稀飯也剩很多，一時找不到事做，屋子裡又沒有電視，最後，只好翻翻小瑤說的那些書，還真怕讀小瑤的書會打瞌睡。

耶？這些書很好玩唷！一點都不像博士才讀得懂的書，一翻開，書中字句就像老朋友般親切地說著話：「你是不是像許多人一樣，清早起床，看到下雨天就會說，唉，又是糟糕的一天！其實，它不是糟糕的一天，只是個雨天，如果我們穿上合適的衣服，改變一下態度，也會有一個充滿樂趣的雨天。」

很有道理耶！以前我怎麼不曾發現下雨天有什麼樂趣？很快，我的注意力全部被書裡的字句牽引進去：「假如我們的信念真的認為雨天糟糕，我們就會一直帶著沉重心情來面對它，一直和今天對抗，而無法隨著每一刻的變化而喜悅。天氣並無好壞，它就只是天氣而已，不同的是我們個人對它的反應。如果我們想擁有愉悅的人生，就必須擁有愉快的思想；如果我們要過豐富的生活，就要

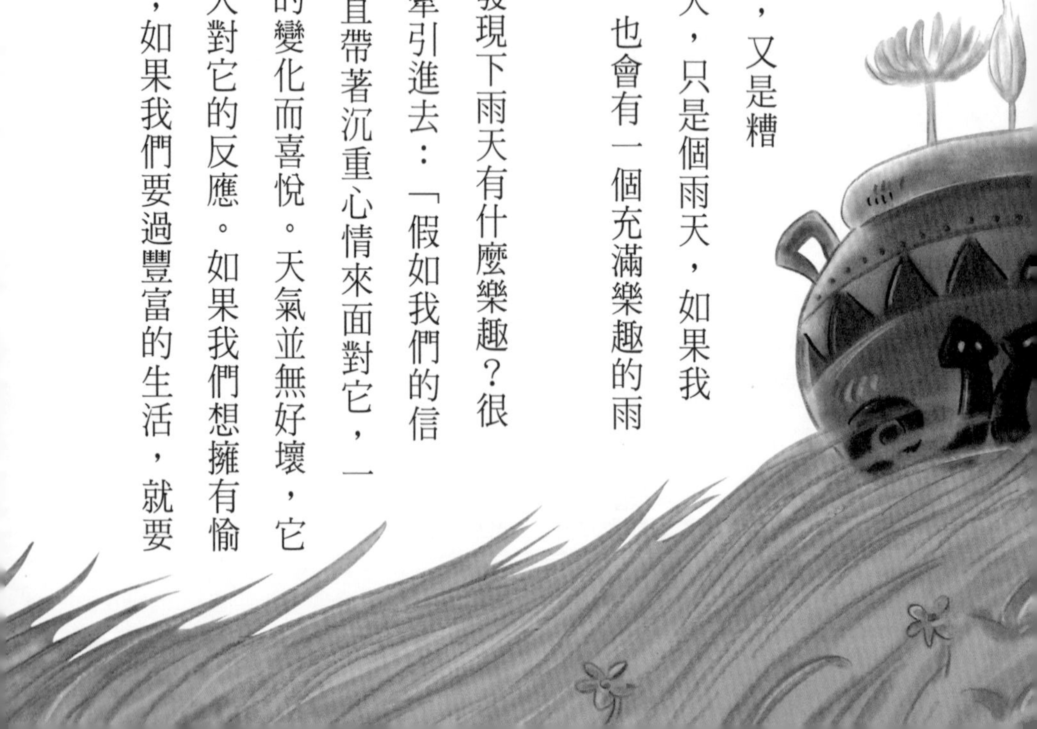

擁有豐富的思想；如果我們想要生命充滿愛，就要有愛的思想，我們的心靈或言語傳送出去的一切，都將以相同形式回到我們身上來。」

「每一刻都是重新的開始，生命的著力點，僅在此時此刻。」反覆重複著這些字句，我唸了又唸，書頁上的文字看起來很簡單，意思卻有點模糊，好像小昆蟲在飛來飛去，我必須一遍又一遍地唸出聲音，才能慢慢捕捉到意思：「你永遠不會被困住。改變只會發生在此時此刻，在我們自己心中。你是自己心靈唯一的思考者，在你的生命世界中，你就是力量與主人，你過去的思考和信念已締造了現在的經驗，而你現在所選擇的想法、信念和言語，也將創造出下一刻、明天、下個

月、明年的一切。」

放下書，對著剛買回來的那一盆萬年青，因為空氣乾燥，葉緣有點枯萎，我的唇也是燥乾的，舔了下唇，小瑤還在睡，我真想搖醒她問：「珊珊消失，真的是我過去全部的思考和信念創造出來的嗎？我相信了，事實就會變成這樣嗎？我要怎麼告訴珊珊，到底，我相信她嗎？」

這些天，一面對珊珊她就要問：「媽媽，你相信我嗎？」我不知道要怎麼回答。她真的消失了一天。我確實聽到鬧鐘響時她在賴床，可是，穿著睡衣瞬間從床上轉移到山中河谷，這怎麼可能呢？

如果不可能，她身上的原住民白T shirt、藍緞褲哪裡來的？送她回來的那個叫做「拉那路」的小男孩，看起來一點也不會說謊，到底，這一切是不是真的？沿著眉骨，用力揉著前額，頭好痛。

知道珊珊需要我相信她，我不知道，為什麼她這麼需要我相信她？

3. 每朵花都停著一隻蝴蝶

盈珊媽媽到底相不相信她的「山中奇緣」呢？我們都不知道。可是，我相信盈珊。這整個故事都太美了！從那天接到盈珊電話，就好興奮，完全忘記葉盼融被阿妙毀損後，我們三個人已經不說話那麼久。

一聽到拉那路映著陽光從水中竄起的開頭，我就著急地打斷她：「電話裡說不清楚，約在麥當勞好了！不要，麥當勞太吵，沒氣氛，我去找你。啊！你媽媽要看電視，也不夠浪漫。來我家好了，拜託拜

託，快點來我家，反正我們家都沒大人，快點，要不要通知阿妙？算了，她一定潑我們冷水，快點來，我等你。」

盈珊一定也很興奮，門鈴響時，我才準備好蠟燭，點起精油，剛找出溫柔的鋼琴曲，都還來不及把點心倒在盤子裡她就到了！拉開門，一看到她愣了一下，不是我心理作用，盈珊一定在戀愛！拉那路真厲害，她變得好漂亮，阿妙以前常說，那些男生常常拜託她替他們轉信給盈珊，每次她都公事公辦，伸出手，一點也不通融地宣告：「轉一封信，十塊！」

大夥尖叫說阿妙不夠朋友，誰都不甘心白白便宜了阿妙。現在不一樣了，我敢說，如果盈珊這樣臉色

粉嫩、眼光矇矓地到學校去，就算轉一封信一百塊，阿妙也一定會賺翻了。和阿妙很熟，太多年的同學了，從她和盈珊一起當過升旗手，我們就從「雙人組」變成「三劍客」。盈珊長得很精緻，有點像羅曼史封面上的女主角，我們很有話聊，大部分時候阿妙都會替我們做結論，她說我們什麼都不做，光是想這個、想那個，只有一個形容詞可以代表，盈珊和我總會同時迸出：「無聊！」

酷酷的阿妙這時很容易被我們逗笑。想起來真快樂！我怎麼會那麼瘋狂，為了一本書就放著兩個好朋友不要，還好，謝天謝地，盈珊「美人有美量」，居然沒有選擇阿妙，反而跑到我這裡來分享她那天大的祕密。聽到拉那路揹起穿著睡衣的盈珊游過水面，我都快喘不過氣了，盈珊白了我一眼：「少三八好不好？我們真的沒什麼。我也是不得已的，要不然，你要我在那大石塊上待上一整天嗎？」

「少裝！」我笑罵，看得出來盈珊心跳加快，整張臉都漲紅了。不到一天的短短過程，所有的細節被我們翻過來翻過去，說了幾千遍都不厭倦，拉那路手心裡嚇昏的魚，不知道有沒有變透明的睡衣，溫柔的阿公，華麗的莊園，山中的嬉耍，雄壯又愛撒嬌的酷馬，穿一件和拉那路泳褲一樣花色的白T shirt……。天哪！真的跟羅曼史一模一樣耶！

真好玩，排灣族人認為每一個名字都在預言未來，拉那路的阿公也學他們排灣人，替那隻大黑狗選了個好名字，酷馬是日本話，意思就是熊，一定長得很壯觀。好喜歡聽拉那路

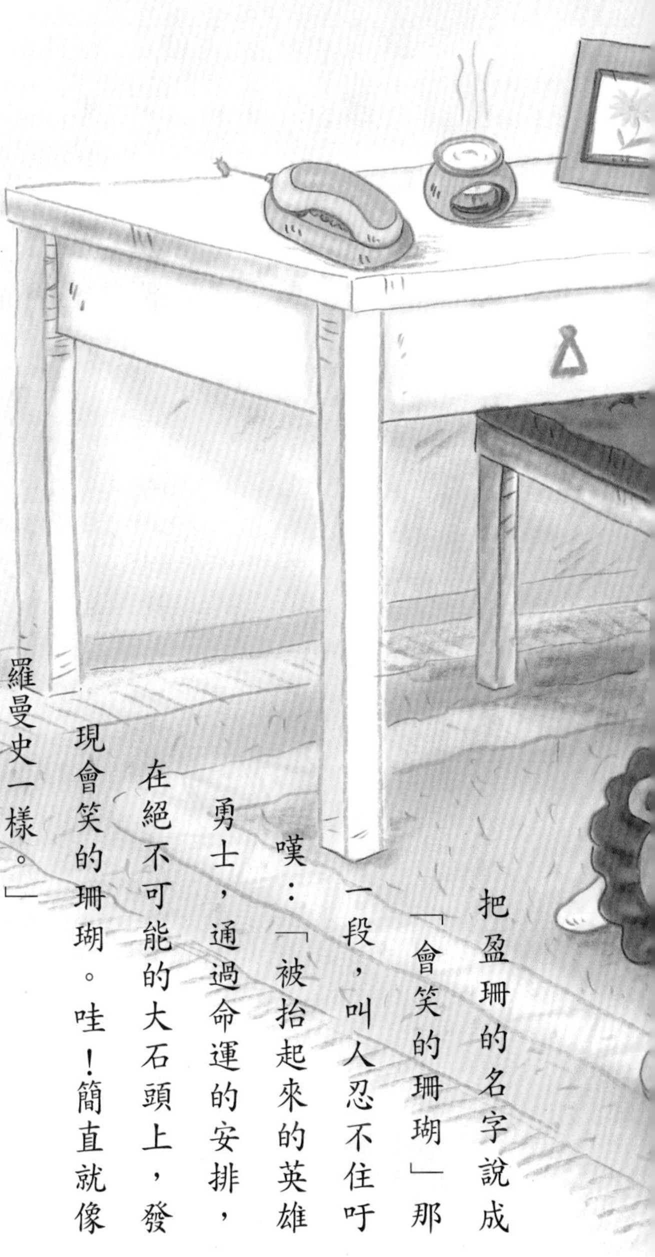

把盈珊的名字說成「會笑的珊瑚」那一段，叫人忍不住吁嘆：「被抬起來的英雄勇士，通過命運的安排，在絕不可能的大石頭上，發現會笑的珊瑚。哇！簡直就像羅曼史一樣。」

「你再亂說，我要回家了。」盈珊假裝不高興，可是，我忍著不說，她自己卻忍不住，忽然拉起我的手問：「我們叫阿妙邀拉那路來這裡玩一天，好不好？算是報答他嘛！你猜，他聽到你的名字會怎麼說？每朵花都停著一隻蝴蝶？是這樣嗎？就跟詩人一樣。」

「不要亂說。」我的臉好熱，一下子都說不出話來。爸媽長期忙他們的事業，沒人管我，滿房間心愛的俊男美女在身邊身心相許，熱情纏綿生死不悔，可是，都關在漂亮的書頁裡，用厚厚的書套包起來，裡面沒有一個故事是我。我希望可以和一切強烈的情緒，保持安全距離。害怕真實的生老病死，害怕愛情也會像人一樣，充滿生老病死的衰微、消失和折磨，只想遠遠地，一遍又一遍看著終於成功了的各種愛情故事，不准盈珊說到我，我害怕，害怕故事裡有我時，我會受到傷害。

「我一定是瘋了，怎麼可能叫阿妙打電話呢？一定會被阿妙罵一頓，更何況，拉那路也不認識阿妙。」盈珊嘆了口氣，終於回到現實：「小蝶，就這麼一秒鐘，我居然跑到山裡去了，你相信嗎？」

「我當然相信囉！你忘了，阿妙每天不是都在罵我不切實際嗎？

跟羅曼史比起來，拉那路和你，反而真實得多。」我話都還沒有說完，盈珊又嘆了口氣說：「你啊，沒救了！老師們都說，看羅曼史的孩子最容易逃避現實，我看是真的。太晚了，我想回家。」

盈珊就這樣走了，臉色有點難看。我知道，她又在想，誰會相信她呢？她為什麼這麼需要別人相信她？自己相信，不就夠了？還是，其實她自己也很難相信這樣的經歷？

如果是我呢？想到我也有可能和一個不知道在什麼地方的人相遇，那我到底要怎麼辦呢？忽然，整個人祕密發抖，一下子就知道，自己不但會相信，還一千一百個相信。這世界本來就是這樣，有一天，隔著千重山萬重水，隔著幾千幾百個人，我們終將與註定和我們在一起的人相遇，這就是我們活這一輩子的功課。

就算阿妙常常罵我無聊，老師勸我不能沉溺幻想、逃避現實，我還是相信，這就是真實人生的全部。這樣的「相信」這麼強烈，強烈到足以讓我全身的皮膚都起雞皮疙瘩。每一次，抬起手臂，慎重地放到檯燈下仔細檢查，看見手臂上細細的汗毛一根一根站了起來，像捕捉到宇宙間最具體的意志電力，真實得就像吃飯睡覺一樣，非常容易明白，就像我知道盈珊的故事全部都是真的，從來不在意別人是不是相信。

盈珊不一樣，她需要很多很多的「相信」。就好像，她沒辦法證明自己似的。當盈珊媽媽說她有一個朋友，確實相信盈珊的故事時，盈珊高興得常常往她那裡跑，常常，下了課就拉阿妙和我一起過去。後來才知道，瑤阿姨已經是癌症末期的病人，我們都不知道她還可以

陪我們多久，或者應該說，我們還可以陪她多久。

我其實有點害怕和癌症病人相處，他們都不像羅曼史那麼美，而且很臭，每次不得已陪家人到腫瘤病房探病，很神奇地，我都可以聞到一種有點遠、有點酸，又有點讓人想要反胃的「死亡的味道」。剛開始時我還不能確定這是什麼味道，只是反覆形容給身邊的大人聽，他們都說聞不到。

有一次，那種味道強烈到我一踏進病房就在洗手間裡吐了出來，後來聽說，第二天，那位病人叔叔就過世了。這件事讓我害怕得不得了。試了幾次後，我拒絕再去腫瘤病房，怕聞到任何一個叔叔伯伯阿姨嬸嬸們吐露出死亡的味道。

可是，有幾次緊急救護車呼嘯著在街上從我身邊穿過，立刻我就吐了，不知道為什麼，我居然跟著救護車到醫院，一次一次，親眼目睹不相識的陌生人在我面前死亡。阿妙陪著我，幾次看我吐到臉色發白，總是勸我，不要再跟了，我都不聽，是不是我想要證明，這一切都只是我的幻想，其實這世上沒有人聞得出死亡的味道？

阿妙看我這樣不能控制地一次一次追隨救護車，一次一次撞見死亡，一次一次不得不失望，每次都說我無聊！可還是陪著我無聊下去，到最後她說我快要發瘋了，真的很可憐。上了國中，阿妙還是陪著我，躲在圖書館裡翻書，不斷翻著好多書找答案。書上都說，「癌」是現實生活的一種警訊；壓抑、挑剔、求完美，都是「癌症人格」；污染的環境、忙碌的節奏、扭曲的競爭，就變成「癌症環境」。可是，阿妙說：「這世界早就變成這樣了啊！」

「難道大家都沒有發現，到處都是死亡的味道？」我的聲音發抖，臉色變得白白的，全身抑不住的冷。一定要想出一點辦法，一定要想辦法。從小到大，難過的時候我就笑，害怕的時候我大聲唱歌，這樣，生活裡就會多了點光亮，我相信，我一定會找到辦法。從那時候開始，我迷上羅曼史。阿妙不只一次罵過我，我用全部的零用錢去買那些書，已經買到發瘋的地步。我可以不吃飯，不能不買羅曼史，還引起爸的注意：「小蝶啊，你減肥是不是，弄得這麼瘦？」

我不知道還能怎麼辦？我只是很害怕，需要更多更多美麗的東西好用

來「沉溺幻想、逃避現實」。老師們常常說這樣不好，可是，如果不能沉溺幻想、逃避現實，究竟，我們要做什麼呢？

像我這麼忌諱腫瘤病房、害怕和癌症病人相處的人，居然，慢慢適應了瑤阿姨。套一句羅曼史常用的話，這就是她和我之間，「命定的情緣」。瑤阿姨是個光頭，從來不戴假髮或帽子，第一次見面時，屋子裡瀰漫著我一直都很熟悉的「死亡味道」，中和在溫醇的檀香裡，輕聲繚繞著的阿彌陀經梵唱，鎮定著我的恐懼。

她很虛弱，眼睛卻還亮亮的，乾淨得像沒有雲的天空，幾乎讓人覺得是深藍色的。羅曼史裡的女主角如果有一雙深藍色的眼睛，通常個性都比較單純，這讓我一開始就覺得她並沒有那麼糟糕。還有，她的頭形是完美的鵝蛋模子，飽滿，精緻，舒緩了頹敗的「生病感」，更重要的是，她有一種「高貴的笑容」，阿妙幾次追問：「什麼叫做

高貴的笑容？有錢又長得高的人，笑容就比較高貴嗎？」

「當然不是！你怎麼那麼討厭？」盈珊替我白了阿妙一眼。我搖搖頭：「我不會說。我只知道生有這種高貴笑容的人，他們說的話特別容易讓人相信。」

「哎呀，這不是說了等於白說嗎？」阿妙覺得和我們一起去看瑤阿姨，有點無聊，比以前追救護車時更沒有變化。

我倒很喜歡瑤阿姨。剛好放暑假，我們配合盈珊媽媽的統合分派，畫了輪班時間表，儘可能做到至少有一個人陪著瑤阿姨。阿妙不排班，總是挑盈珊或我在的時候來插花，這奸詐鬼挺聰明的，不但不用負起什麼看護責任，

還可以在暑假作業的「行善日記」裡，寫著她怎樣當一個「偉大的志工」，照顧癌症末期病人，然後天花亂墜地寫一大堆愛和付出的「人生道理」。

其實啊！她才不是來「愛和付出」，反倒是專心來「吃和吸收」。知道我們會來值班，盈珊媽媽燉了各種好喝的雞湯、豬心、四神、紅豆……，除了一小碗、一小碗地餵瑤阿姨，整大鍋都是我們在解決。她還特別為我們準備很多好吃的麵包、蛋糕、點心，香噴噴的，阿妙每次都嚷著：「怎麼辦？我越來越胖！」

可是，一大早，她就挑了個超大奶酥，左看右看，看得時間實在夠久了，連瑤阿姨都忍不住問：「怎麼啦？」

「我在想啊，我這樣一吃，又有多少卡路里被我吞進肚子裡去。」阿妙這樣說，每次都讓瑤阿姨以為她會稍有節制，哪有可能？

「喜歡吃」和「喜歡減肥」根本就是孿生兄弟，如果你發現一個人喜歡減肥，不騙你，更多的時候他一定很喜歡吃；當然，一個人喜歡吃，我們不注意的時候，他一定在減肥。

阿妙就是這樣。很多人都這樣。

在這裡我沒有餓肚子的問題了，反而不再需要因為要買羅曼史而餓肚子。不知道為什麼，值班這陣子，我比較不那麼強烈地想要買羅曼史。以前阿妙常說，你不買會死啊！那種不知如何是好的害怕，以及不顧一切想要買的熱切，慢慢淡了下來，也許，和瑤阿姨有關吧！有一次，我裝作不經意地問她：「你相信，有人聞得到死亡的味道嗎？」

「這世界上有很多種人。」她一點也不吃驚，

只淡淡說：「有人在面臨死亡前會聽到音樂，有人看得到異世界，有人聞得到死亡的味道，他們有些特質和我們一樣，有些不一樣，這都沒有什麼，只是讓我們知道，這世界很有趣，總有很多新鮮的事會發生。」

「很有趣？是嗎？如果你發現自己聞得到死亡的味道，不會害怕嗎？」我很好奇。瑤阿姨溫柔地看著我：「我現在就躺在死亡懷裡，一點一滴，感覺死亡在慢慢長大，害怕嗎？當然。可是，我也慢慢熟悉了死亡的味道、死亡的顏色和死亡的節奏。」

真奇怪，我聽著這些話，居然不害怕。記得以前每談起和死亡有關的話題，都強烈到讓我浮起雞皮疙瘩。和瑤阿姨在一起，看她把死亡當作一本書，每一天都溫柔地為著我翻找出不同的意義，我也挑了些特別喜歡的羅曼史和她交換。

剛開始時她總是笑，說她以前沒時間讀這些書，現在沒體力，當然更沒有想過要讀這些東西。聽到這種語氣，我有點不高興：「這些東西？阿姨，你不能因為你是個全語言博士，就瞧不起羅曼史，我告訴你，博士是這世界上最不博的人，因為，除了學問，你們什麼都不知道。」

「說得也對，有一些醫生說，我的心生病了，說不定是我太不博了。」瑤阿姨一點都沒有挖苦我的意思。看到她這麼認真，我反而有點不好意思，跟著客氣起來：「說真的，這輩子你讀了這麼多書，多讀一兩本羅曼史也沒有關係，對不對？這也是全語言的一部分啊！何況，你現在也不能完整地讀完

什麼偉大的書，這些羅曼史都是我精挑出來的精華中的精華，讀到哪裡算哪裡，精神差到實在讀不下的時候，任何段落我都可以接下去講給你聽，這樣不是很棒嗎？」

盈珊媽媽後來知道這些羅曼史都是我帶來的，笑得很厲害。她居然還用非常誇張的形容，說我用羅曼史「荼毒」癌症病人。大半的時候瑤阿姨看沒幾頁就睡著，盈珊媽媽倒是一本又一本被羅曼史「荼毒」得很厲害，常常催我再多帶幾本過來。我在瑤阿姨床邊整理出一個「羅曼史書區」，那些華麗的書頁、鮮豔的顏色，妝點著這個簡素的房子，很喜歡屋子裡飄著羅曼史的味道，甜甜的，暖暖的，還有一點淡淡酥酥的香氣，盈珊說這都是我的心理作用，可是，瑤阿姨聞得到。

她現在停下所有的醫藥治療。卸下身上那些化療啊！中藥什麼的

奇奇怪怪味道，只有長年黏附在她身上、髮隙間的檀香，當她練氣功時，那讓人反胃的死亡氣味會靜靜隱去，淡淡飄出一種彷彿待在深山裡的清香，這時候，我就會覺得，每個人的名字都在預言未來，瑤阿姨也是這樣，像一塊透明無瑕的美玉，這麼一想我就會自己先笑起來，中了盈珊的毒，聽她說太多次拉那路，雖然沒見過拉那路，我們都深深相信，每個人的名字都在預言未來。

太久沒下雨了，每一天都是好天氣。屋子裡鋪著金閃閃的陽光，瑤阿姨的頭髮亮亮的，臉也亮亮的，整個畫面塗上一層溫柔的夕陽黃，很漂亮，就像羅曼史精緻浪漫的封面一模一樣，只差一個男主角。真可惜，就只差一個男主角。瑤阿姨以前的男朋友不知道在哪裡？她忽然打開眼睛：「你現在不像以前那麼怕我了，是不是？」

「我，我只是不知道怎麼跟癌症，跟癌症病人相處。」我嚇了一大跳，一下子舌頭打結，還聽得到骨頭「嘰哩嘰哩」輕輕撞擊的聲音。瑤阿姨很敏感，立刻問：「怎麼啦？」

「我，我，」我有點猶豫，腦子稍微故障，嘴巴比大腦還快，一下子就迸出：「瑤阿姨以前的男朋友，現在不知道在哪裡？」

「男朋友？」瑤阿姨苦笑，停下練功，靠回床上，視線越過萬年青，落在很遠很遠的地方，發著呆，慢慢、慢慢歪下身睡去。如果用很浪漫的說法，可以說，「一張幾乎透明的臉，像一張地圖，鏤刻著她走過的千山萬水」，只可惜，沒人知道那些經縷褶線在說些什麼。她的眼皮

跳呀跳，隔個幾分鐘整個人就跳了下，像在夢裡也繼續跋涉著千山萬水，睡沒多久，她忽然張開眼睛看著我：「小蝶，你覺得，愛情就是人生全部的答案嗎？」

我不知道該怎麼回答。她好像也沒要我回答的意思，一會又睡去。一直以為瑤阿姨一定有一段不想再提起的「傷心往事」，我也識趣地和她一起小心守候著心事和祕密。有一次她問我：

「你會不會覺得喜歡看羅曼史的孩子，心腸比較軟，形容詞也用得比較美？」

「會嗎？我沒有聽過有人替羅曼史說好話耶！」我覺得這些對話有點莫名其妙。瑤阿姨好像在自言自語：「孩子們真的這麼喜歡羅曼史嗎？以前編英語教材時，怎麼沒有注意到，可

以把羅曼史放進去？」

「看羅曼史還要看英文？那多累啊！愛情談不到一半，就先被英文累死了。」話一衝出口就很後悔，我又不是阿妙，這麼沒氣質，在瑤阿姨心目中，我可是很唯美、很浪漫的唷！還好，瑤阿姨沒有注意到，她還是自己在思索：「不會累的，這是設計教材的人需要準備的功課，我們要做到，讓大家讀英文讀得很快樂。」

看著瑤阿姨努力思考的樣子，我很害怕，盈珊媽媽說，瑤阿姨不能再動腦筋、消耗能量了，她現在只能放鬆休息，要不然癌指數會猛然衝高，誰都不能再把她救回來。她忽然說：「我們這一輩子，真的要多做一些快樂的事。我好像一直沒有為自己做什麼特別快樂的事，

你呢？看羅曼史的時候，你真的很快樂嗎？」

我不知道。我只知道瑤阿姨不應該再想事情，萬一她的癌指數衝高，我一定會被盈珊媽媽罵。瑤阿姨忽然說：「我怎麼不能為自己做幾件快樂的事呢？你問我男朋友的事，我覺得很茫然。在美國唸書的時候，所裡的助理教授對我很好，那時候怎麼會那麼害怕，愛情有一天會走到自己不能控制的境地？因為害怕，所以只能一直退縮，一直退縮。」

沒想到我真的有機會參與瑤阿姨的「傷心往事」。真可怕，我不也是一直這樣想嗎？因為害怕，所以退縮。愛情有一天一定會走到不能控制的境地，會不會有一天我也會像瑤阿姨一樣，努力地問自己，怎麼不為自己做幾件快樂的事呢？

不行，一定要為瑤阿姨做一兩件讓她快樂的事。生命就是這樣，無論面對任何時候任何事任何問題，只要願意，都可以找到更好的辦法。趁著盈珊媽媽值班時，和阿妙、盈珊約在麥當勞，討論要怎麼把瑤阿姨很多很多年以前在美國的「助理教授」找出來。盈珊很煩，不停地打斷我們的討論：「喂，助理教授的美國話怎麼說啊？我們的線索這麼少，英語又不太通，找一個這麼久以

前的人，怎麼找哇？」

「拜託，不要再吵了，如果我沒記錯，助理教授應該是叫做assistant professor，不過這不是重點，問題是要搞清楚他是華人嗎？還是外國人？現在還在學校裡嗎？有沒有可能打聽到他的名字？」阿妙英文還真厲害，原來她整天泡英文補習班是泡真的，我們一直以為那是她不得已陪那群哥兒們鬼混的地方。這下好了，到時候打電話到美國找人的工作交給阿妙，我們要找個理由，讓盈珊媽媽帶瑤阿姨出門去晒晒太陽，方便我們翻箱倒櫃，先把屋子裡所有的通訊錄摸出來再說。

機會很快來了。有時候想一想，瑤阿姨真可憐，她現在身邊只有我們，因為溫暖，所以產生了眷戀和依賴，當然只能樣樣順著我們，要是我們當中有誰想把她賣掉，一定可以輕易得逞。阿妙知道我的想法，不但沒有半點同情心，還被她罵：「你豬頭啊！誰要買一個癌症末期病人？快點替她找出可以待在身邊的家人朋友才對。」

終於找到她的通訊錄。多半都是醫院、醫生的資料，還有很多美國醫生唷！可是，好像沒幾個朋友。雖然不確定哪一個是連名字我們都沒聽說過的助理教授，不過，阿妙很科學，她先影印整本通訊錄後，劃掉醫院、醫生的資料，劃掉女生的資料，劃掉不像在當教授的資料，範圍越縮越小了，阿妙本來還打算劃掉台灣的資料，盈珊問：「這麼多年了，如果那個助理教授是台灣

人，會不會也回到台灣了？」

終於，盈珊的意見沒有被阿妙罵，她還高興地敲了盈珊的頭：

「好傢伙，你居然有頭腦！」

這樣整理下來，還剩下七條人名資料。四個在美國，三個在台灣，其中還有兩個和瑤阿姨同校，我們覺得不太可能，劃掉，想想又加回去，像瑤阿姨那種不流露情緒的人，實在很難說。很快，我們就圍著阿妙，聽她掛電話。聽到這些對話，真的很好笑。我們先打國內的電話，請問他們，瑤阿姨在美國念研究所的時候，他們在哪裡？連著三個人，都被我們搞得莫名其妙，那時候他們還不認識瑤阿姨。

放下電話，想像著電話另一頭完全不知道是誰打來的電話，卻問這麼個莫名其妙的問題，我們忍不住狂笑。接下來打美國電話就更妙了。我們都以為阿妙「補習有成」，她也裝得一副胸有成竹、極有把握的樣子，誰知道連著碰到兩個美國人，一下子就變得結結巴巴，很好笑耶！到了第三個人，阿妙的表情完全變了，Bingo！我想我們碰對了，天哪！是個華人！阿妙的電話終於從半生不熟的英文轉成熟透透的中文，我們急切地趴在聽筒旁，聽到一陣陣女高音尖聲的怒吼，大概他們在吵架，用英文唷！英文講到這麼憤怒激昂，我看不學也罷。

「聽起來」這個助理教授的家庭生活好像不太美滿，心地大概也不怎麼善良，聽到瑤阿姨的病情，他沒有立刻要回來，只是問了聯絡電話、地址、傳真和E-mail。我們有點意外。

阿妙還特別追加一句：「她現在情況很糟，家裡的電腦和Notebook都送人了，E-mail收不到，傳真還留著，你如果不能回來看她，盡快寫一封信傳真過來，讓她高興一下，好不好？」

掛上電話，我們都覺得很失落。接下來的漫長日子裡，助理教授一直沒有出現，沒有電話，也沒有傳真。我們等了好久好久，心情本來是熱切的鮮紅，後來摻進焦灼的憂慮，變得半黑半紅的，到最後都轉成絕望的黑。常常，我會想到瑤阿姨問我的：「愛情是人生全部的答案嗎？」

我不知道。我問大家，愛情是人生全部的答案嗎？盈珊說，應該不能算全部吧？阿妙反而笑：「傻瓜，人生這麼長，答案還很多

很多，怎麼可能一下子就做結論呢？」

別人不一定是這樣，我可是一直相信，愛情是人生的全部。如果不是這樣，人生的答案到底是什麼呢？

4. 功課

人生的答案是什麼呢？小蝶問我。我只能苦笑。

說真的，這輩子一直在讀書，讀到最後才發現，「人生」這個功課，我其實做得不好。就算有人真把人生過得很起勁，說真的，又有幾個人能夠回答，人生的答案是什麼呢？我們漫長的一輩子，到底記錄著什麼，印刻著什麼，我們又如何讓這一個又一個印記，捏塑出我們的臉模？

這陣子屋子裡熱鬧很多，我特別注意起她們的臉。明瑜、盈珊和

小蝶她們在排班，還有那個長得非常「大氣」的阿妙，每一個人都繞在我身邊，陪著我，努力讓我快樂，一張又一張僵冷的臉，因為要逗我開心，一個個眼神變得溫和，臉部的線條也變得更柔軟，我慢慢看見她們彼此間的互動在改變。

明瑜比初見面時輕鬆很多。小蝶不再害怕靠近我，這孩子應該是真的聞到死亡的味道，才把自己嚇得半死吧？阿妙稍微有點耐性了，有時還會削了盤蘋果一小口一小口地餵我。盈珊不再拚命追究，為什麼她會在瞬間被轉移到山裡去，也不會癡癡追問著每一個人，到底相不相信她？時光，好像在這個暑假稍稍停下腳步，讓我們每一個人喘一

口氣。

阿妙說，我們生活著的這個世界，早就被「癌」細胞佔領。污染的環境、忙碌的節奏、扭曲的競爭是最初的「癌結界」，接著，一個又一個神經兮兮的「癌人」誕生，壓抑、挑剔、求完美……。聽起來，阿妙的專業術語都不像真正下苦工讀書思考得來，多半是從MTV拼貼、日本漫畫、電影卡通移植過來的複製品，可是，認真去想一想，還真覺得有幾分道理。

原來，我居然不知不覺地踏入「癌結界」，做了幾十年的「癌人」而不自知，直到病發後和明瑜重逢，幾個孩子竄擠進來，是她們，讓我看見「結界」。

「你知道嗎？這陣子我常常回顧我們漫長的過去，我依賴過、心疼過，當然也討厭過、恨過你。」明瑜一邊餵著我，一邊笑說：「可

是，愛也好、怨也好，現在你只能一湯匙、一湯匙，靠我餵著你。」

我也跟著笑。從青春時不為什麼的親密，到成長後不為什麼的疏離，真覺得，人生越過越荒謬。明瑜和松崗結婚時連絡不上我，我卻輾轉聽說了她的婚訊，那時候，我自己的人際關係處理得一塌糊塗，深怕捲入更多的情緒裡，只希望人和事都變得少一點。發現胃癌以後，人和事不得不簡化了，居然又可以再聽到她、看到她，並且跟著明瑜，擁有盈珊、小蝶、阿妙這幾個孩子的熱情，我覺得很幸福。

幾個月前，因為不能適應口服化療藥劑，我改用人工血管注射，沒想到，施打化療的人工血管引起的不舒服和副作用更多，和醫生討論後，決定抽掉人工血管，直接把化療打入血液。精神上雖然好一點，但是，血管的惡化比化療藥效跑得更快，最後還是得停下治療。身體耗損得太劇烈，我決定連中藥也停下來，什麼醫療方法都不再嘗

試了，靠靜坐、聽經，施打止痛藥，來面對攤在眼前的功課。

「每個人的功課，都得靠自己去完成，不想再辛苦地靠醫生替我補習、靠科學替我作弊了！」笑著告訴明瑜，已經停下一切醫藥治療。從醫生宣判只剩下三個月那天開始，我試盡各種方法，戰鬥到現在，一晃就是三年多，對於一個人應該做的功課來說，真的夠了。明瑜很快哭起來，還得靠盈珊她們像小老太婆似地勸著她，幾個孩子圍著一個大人說教，生老病死，一定有什麼功課需要我們去完成，聽著忍不住覺得好笑，瞧，這些孩子說話的樣子，越來越像誰？

這陣子盈珊常來。因為我相信她，相信她的時空轉移，相信她和拉那路間一定有特殊的磁場牽繫，所以她特別喜歡過來，天馬行空地問了我好多問題。書架上那一大堆和宇宙磁場、生命

奇蹟相關的書，她看得很快，常常和我討論。

漂亮的孩子通常都不太容易定下來專心讀書，盈珊因為經歷過那麼不一樣的生命經驗，讀起書來比別人著狂，她的見識像種在最合適的溫床，忽然抽長得又猛又急，像明瑜在廚房裡孵養的苜蓿芽，有時一夜間就抽長了好幾公分。

「星際大戰系列電影裡，絕地武士的能量、武功、光劍和超能力，都來自神祕的原力，他們叫做Force。這個Force是不是就是宇宙磁場裡那最基本的力量，也就是我們中國人所說的氣？」有一次她問我。我有點吃驚，覺得這孩子其實漂亮在腦子裡。我摸摸她的頭髮，要她把書架上喬瑟夫．坎伯寫的幾本書拿下來，打起精神告訴她：「這幾本書，你慢慢讀。先讀坎伯和公共電視主持人莫比爾的對談紀錄《神話》，那是他們在星際大戰導演喬治魯卡斯提供的天行者牧場

裡，關於神話的對談與辯證，有了這些簡單基礎，再繼續讀《千面英雄》和《神話的智慧》，記住，千萬不要急，慢慢吸收，一邊讀，一邊思考。」

忽然，胃一收縮，我一陣急喘，盈珊著急地一遍一遍順著我的背，連聲說：「改天再說吧！你要休息了！」

我搖頭，壓著腹部深呼吸，安靜地做了一會長生功，直到掌心暖了起來，用熱熱的掌心貼住胃，讓痛覺慢慢舒緩後，才又接著說：「喬治魯卡斯製作星際大戰時，找了美國神話學大師坎伯做顧問，所以，絕地武士的造型、思想和語彙，充滿了坎伯喜歡的東方禪味。絕地武士的原力神話，是東方的，也是西方的，延伸地說，原力不只呈現在絕地武士身上，我們體內也存在著原力。」

「我們體內也有原力？」盈珊的眼睛亮了起來：「我知道了。原來是原力，難怪可以瞬間把我從床上搬到山裡的河谷去。」

「還不能輕易下結論。要知道，絕地武士有很多戒律，不能動怒，不能憎恨，不能動情，你看那天行者安那金年輕時什麼戒律都犯了，才埋下日後投靠黑暗勢力的惡因。」我疲倦地躺回床上，交代盈珊：「我們也是。情緒的起伏變動太大，過度輕率地做結論、下決定，都會在身體內部，錯亂我們的臟腑，說不定，也會改變生命的磁

場。」

結論還沒確定，我大概又睡著了。後來，我發現盈珊認真在研讀坎伯。她才國中，讀坎伯會不會太早了一點？如果我可以撐到盈珊上高中、讀大學，再和她談坎伯、談生命、談英雄追尋，那時候是不是比較合適？

第一次，發現自己對生命眷戀。我好想好想，再多一點時間，陪著這些孩子長大，好想在她們有了疑惑、有了痛苦，在她們需要有人分攤、討論、引導時，一直在她們身邊。是不是我以前所教過的每一個學生，也曾經這樣需要過我？為什麼當了一輩子老師，在來不及時我才發現？原來，生命是不會等人的。

我可以察覺，自己的情況越來越糟，一整天光是昏昏沉沉地睡，偶爾醒來，常發現明瑜在哭。盈珊從來不哭，大概是因為她的媽媽和同學太會哭，這些人跟人的聚合，都是宇宙磁場的共同運作，明瑜和小蝶的原力，把盈珊的眼淚用光了。

一個人翻著羅曼史的小蝶，也常常哭，那些書不知道看幾遍了，噢，不對，套一句她喜歡說的話，不知道看過「幾千遍、幾萬遍」了，居然還能流淚、感動。這陣子翻了好幾本小蝶帶過來的羅曼史，有點遺憾，認識這些書認識得太遲，很想把孩子們最喜歡的這個世界，納入一向由我主持的「中小學英文教師教學教材研究計畫」裡，可惜，體力衰微，距離「想做更多的事」那個世界，已經越來越遠，只能打電話給研究助理，要求他試著把羅曼史放進研究計畫。

我們這一輩子能夠經歷、能夠深入認識的領地，實在很有限。真的很珍惜，能夠在生命最後，和這些孩子這樣相熟，她們讓我看到了一個我活了幾十年都沒辦法觸及的青春璀璨。阿妙那麼率性自然；小

蝶真摯善良；每看著盈珊的笑臉，就想起拉那路說的，我們的名字會預言我們一生，也許，她這輩子真的會變成「會笑的珊瑚」，美麗而燦爛。

忽然想起，在書上讀到的：「嬰孩不必費力使自己完美，他們一舉一動都好像對完美已相當熟悉。他們對自己的需求無所畏懼，能夠自由表達情感；他們生起氣來所有的鄰居都會曉得；當他們快樂，微笑可以照亮整座屋子；他們身上充滿愛。」

這些書裡的一字一句，在理智上，我讀得很嫻熟，卻從來不曾刻骨銘心地貼近過生命的韻律。以前，對於一個孩子的

認識，多半來自於書本；教書以後，習慣把學生當作成績指數，把他們放在學習常模裡勘查、檢討，即使在輪值負責「心理中心」那陣子，也只是對著一個又一個「諮商對象」，演練許多諮商與輔導技巧。

直到遇到這些孩子。

好感激老天爺，給了這機會讓我發現，孩子就是孩子，他們不是常模與數據。這一切真的夠了，我知道自己幸福。明瑜不能體會，總是一次又一次反覆地提：「聽說，山裡有一種草藥滿有用的！」；「我朋友在三重試過一種很有效的雞尾酒式中藥療法。」；「屏東有一位老醫生不輕易替人看病，要有門路。」；「榮總那很有名的醫

生，才在美國的醫學研討會上發表最新的癌症療法。」……

「忘了我的本事啦？病發時醫生都說，拖不過三個月，這一晃眼，也三年多了，我把所有的時間、精力和心思，都用來對抗癌症。西藥、中藥、氣功、姬松茸、神仙水、心理諮商、團體治療、雞尾酒針劑，隨時得注意培育狀況的雪蓮，一小瓶就要一千多塊的紐西蘭初乳，再昂貴、再麻煩的抗癌藥品和食物，我都親自研究、實驗、試用。」我有點喘，只能停下話，盯著窗台上新種下的萬年青乾乾的抽不出新芽，映著陽光，容色帶著少見的微金亮：「嘿，你知道嗎？我們能夠健康活著，當然很棒，不過，如果要生病，還是得癌症比較好，這是一種全方位的學習。」

我這輩子都在研究全語言，跳開語言，原來還有那麼大的世界在告訴我們，每一個環節都會發生運作和效果，我們的身體，全方位記錄了我們的社會、歷史、生活，所有的價值選擇和心情。

精神很好，這些天從來沒有過這麼多話，明瑜卻別過頭去，抿緊唇，我知道她又想要掉眼淚。我很感激，這時候，任何願意無條件陪著我的人都像天使。記得，明瑜年輕時常常問我：「我所有的努力要放在什麼地方？」

看著明瑜含著淚水的眼睛，我知道，她很適合去照顧所有的弱勢。小學時送便當給打翻便當的小孩，收養流浪狗，現在又豪華地把所有的時間都送給我。我伸出手，牽住她，難免有幾分感傷，但還是高興的成分多：「真好，這陣子看你，比較像活生生的人了！你知道

嗎？當我們很小的時候，都憑藉著大人對我們的反應來確定對自己的感覺；長大以後，我們又會傾向於創造出一個像小時候的情緒環境。你看盈珊，她不哭，也不太笑，我猜是因為從小到大，她最心愛的媽媽，只活在自己的記憶裡，遠遠地，把每一個人推開，盈珊也學會把每一個靠近她的人推開。」

「真的是這樣嗎？」明瑜有點怔忡。是不是這樣，誰都不能確定，我只是對人與人的牽絆與聯繫，開始生出一種完全不同於舊時機械式的理解，雖然斷斷續續，幾次說了又停，我還是努力把意見整理得很清楚，條理分明地告訴明瑜：「我一直知道，自己只有一個人，所以非常重視養生。早睡早起；生機飲食；在學校組織抗自由基專題讀書會，和幾個教授集結時間精力，專心在對付自由基；保養，抗老；一起相約在清晨、黃昏時跑步、游泳、爬樓梯；風雨無阻，身體的皮相照顧得很好，沒想到，心裡有一些我們並不知道的漏洞，一點一滴在腐壞。和醫生討論過，我的心生病了。」

「別胡說，你對我那麼好，對學生那麼有耐性，對孩子們的各種問題總是想辦法替她們解決，我們都那麼喜歡你。你的心哪裡病了？」停下話，明瑜哽咽著接不下話。她一定很難接受，這時候我反而笑起來：「我一直忽略了人與人之間情感的掛鉤。應該早點給自己一些機會，和身邊的人做一些不為什麼的互動，這樣才能掛鉤。」

明瑜看起來很迷惑，我又笑了：「當醫生提醒我，我的心有了空洞，需要一點人際掛鉤，我還刻意找同事去看電影、唱KTV，弄得大家很緊張，他們都叫我聖人呢！怎麼好意思在我面前表現出沉溺通俗品味的樣子？原來，人情掛鉤，也不是容易的事，還需要舊歷史做基礎。」

「我也很久都沒看過電影，更不要說唱KTV。」明瑜完全被我搞混了，她居然沒頭沒腦地接下話：「我真的弄不清楚，為什麼忽然要看電影、唱KTV，你這麼忙，又不像我，沒什麼好忙的，松崗生意做不好，融資玩股票又弄得血本無歸，欠了一屁股債，哈，我都看電視，現在只有看電視和散步，最省錢！」

「我不是要跟你討論電影和KTV，是要你有空時多抱抱盈珊，這就是人際掛鉤。說不定還有機會，讓她重新溫暖起來。」真不知道接下來要和明瑜說什麼，她有點混亂。頭昏昏的，很快我又睡了。睡夢中忽然記起，在我們的「抗自由基專題讀書會」裡，有一位生化教授發現自己得了癌症，情緒反應非常激烈，記得那時，一起在教職員餐廳用餐，他看到那些教授同事們的點餐內容，油金肥膩，居然憤慨地說：「這個才應該得癌症，那個比我更應該得癌症。」

「所有老闆每天應酬，跑不完的飯局，相接不休的計畫，他怎麼不得癌症？」白天他不斷埋怨。夜裡在讀書會裡看到有些研究室窗口還透著燈光，他也會忿忿不平地問：「這些工作狂，到現在還不下班，整天抱著工作不放，他們為什麼沒有壓力？為什麼不是他們得癌症？」

整個讀書會的成員非常同情他，卻都不知道如何陪他走過這個初起時的震撼期。現在才知道，那時我們都太重視學理討論，以為一定要在醫學和治療上，給他一些確定的資訊才叫做「幫助」，沒有人，沒有人不為什麼地陪過他。

我們不知道，他只是需要溫暖與疼惜。後來，讀書會他不來了，他覺得「抗自由基」這個讀書會是個笑話。聽說他提早辦了退休，靠著自己的專業，設計出一套專門的飲食休養計畫，實驗出某種特定的

山路斜坡最能增強身體的免疫和造氧功能，並且確實找到一座山，完全符合他的計算。

他搬到那座山附近，一大早就去爬山，將近一個半鐘頭的路程，然後在山裡靜坐、做氣功，直到下午再走一個半鐘頭的山路回家。每一天都這樣過，他覺得生命非常有意義。癌指數一天一天下降，十年了，維持著這樣的生活規律，每天一早，爬山一個半鐘頭，靜坐、做氣功，下午再爬山一個半鐘頭。有一天陪朋友去山裡走走，剛好在山裡遇到他，他變得好瘦，整張臉線條峭稜，皮包著骨，幾乎沒有肉，精神卻很

好，他神采飛揚地說：「癌症不會死人。那些因為癌症過世的，大部分都是被嚇死的。你瞧，我過得多健康！」

他過得算健康嗎？我不知道。

一直睡得很熟。黃昏前醒來，萬年青顯得更黯，明瑜張著眼睛不放心地盯著我看，我覺得很放心，相信她有能力讓我溫暖，當然也有能力重新讓盈珊豐富起來。我滿足地對她笑了下：「知道嗎？年輕時的我們都執著要找個志同道合、情趣相投的人作伴。最後才發現，其實只要身邊有個人，張開眼睛時可以問一問，你醒了啊？臨睡前有人可以關心，晚餐吃什麼，這樣也好。」

「還會想找一個人在身邊作伴嗎？」明瑜問。我轉過頭，對著乾澀的萬年青自言自語：「如果真有機緣的話，有個伴當然好。問題是，誰願意像盆植物似的，對著其實來日不多的我呢？」

很久很久了，我以為永遠不會再想起，沒想到，那雙記憶裡最溫柔的眼睛，忽然浮了上來。這一切應該都是因為小蝶吧？這個愛做夢的孩子，不但抱了一大堆羅曼史來，還喜歡追問我，男朋友呢？以前的男朋友現在在哪裡？

要怎麼說呢？唸博士班時，知道系上的助理教授心裡放著我，確實我也喜歡他，可惜，我們都以為自己太老了，誰都沒有足夠的勁力和勇氣去面對感情，只能放在心上，日子過得越久就越想得清楚，彼此都害怕承擔不起情感的波濤折磨，只有學問，永遠不會辜負我們。剛開始時，沒人在身邊又剛好空下來，總浮起一陣酸澀。後來工作

忙，壓久了也就習慣。沒想到，躺在越來越黯的夕照裡，忽然，什麼都想起來，要是讓這些活潑熱烈的孩子發現，沒有開始，也沒有以後，故事的全部就只是這樣，她們一定很失望吧？

那時候，常覺得「想愛」的自己是「短暫的發瘋」。二十幾年來，用密不透風的時間切割，把自己塞進一個又一個讀書、工作、教學、運動和寫作格子裡，小心守護著小小的城，再也沒經歷過什麼人，以為自己很聰明，現在才知道，「不肯去愛」的選擇，其實也可以說是一種「悠長的發瘋」。

「記得嗎？以前老師都說，你太聰明，會比別人吃更多苦，我一直不明白，聰明有什麼不好，現在知道了，聰明人總是想太多。」明瑜忽然說。是嗎？我真的是個聰明人嗎？回想起來，哪些事是我做過的聰明事呢？

唸博士班時，怕愛的不安耽擱了修業時間，對自己的情感說謊。分明沒有時限壓力，偏就一心一意急著和時間賽跑，就連媽過世時都不願回國，專心準備博士口考，果然，我是所上修業時間最短，最快取得博士學位的學生，特別叫大家矚目的是，我不但是外國學生，而且還是比較不具學術優勢的女性角色，這樣，算聰明嗎？

爸住院時，時間拖得有點長，哥哥和我在美國的工作都不能耽擱太久，哥找了個可靠的看護二十四小時陪爸待在醫院，我申請了一筆可觀的研究經費全部留給爸的看護。一直到彌留前，我們趕著飛回來，好在訃聞上端正地印上「孝子」和「孝女」，這樣，也算是聰明的嗎？

哥一家人決定遷往中國大陸，以為會有更好的發展機會，明明不放心，那地方一進去就等於斷了音訊，卻還瀟灑地給了祝福。輾轉聽

說哥吃了很多苦頭，後來沒再傳出任何消息，從此，連最後的親人都沒有了，這樣的我聰明嗎？

離開在美國生活了十幾年的校園，放棄所有我熟悉的生活習慣，回到台灣，為了含鉛汽油，為了大專聯考閱卷，為了升等評審，為了教改，為了學習單，為了英語教材教法編譯，每一天，為著所有想像得到和想像不到的任何意外，和整個大環境戰鬥，不斷戰鬥，這樣的生活選擇，聰明嗎？

我真的聰明嗎？眼睛好乾。鋒面一直滯留，下個幾滴水就什麼都沒有，完全看不到大雨跡象。日子又熱又悶，疼痛好像慢慢加劇，要求特約護士把嗎啡針劑量調高，打針時間越打越密集，連明瑜都不得

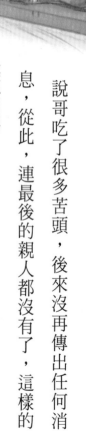

不學會如何幫我打針止痛。

感覺上，睡著的時間越來越長，說話的力氣越來越少。知道盈珊讀完坎伯一系列的神話研究，開始鑽研宇宙中關於數字的祕密，斷斷續續聽她說了幾次，三、七、九這些數字，都具有特殊的神祕磁場，七月七日早上七點七分，對她來說，一定有一些不同的意義。每一天，她急著傾倒所有的新體會，想要和我討論，我卻連聽都聽得很吃力，連接不上任何邏輯，更不用說思考和判斷，有點難過，明知道盈珊越來越接近「從床上轉移到山裡去」的謎底，我卻再也幫不上她。

研究助理打電話來報告他們真的把愛情羅曼史納入英語教材教法

研究計畫了，還沒聽完我就睡著，結果到底如何處理，真抱歉沒辦法讓小蝶聽了跟著高興。孩子們一直說，要阿妙邀拉那路來玩玩，不知道我看不看得到這個孩子？如果說，人生還有什麼願望，我好想，為明瑜把松崗找回來。

很替明瑜遺憾，結婚這麼多年，她一直沒有認真看過松崗，他不像阿歡那麼容易逗明瑜笑，這世界上確實也不會再有另一個阿歡了，可是，一直守在明瑜身邊的，不是阿歡，是松崗。

特約看護問過明瑜，要不要把我送到安寧病房？明瑜不敢決定，還是看我的意思。我這輩子，實在沒做過多少聰明的決定，可是，不想再回到醫院了。連孩子們都知道，生老病死，一定有什麼功課需要我們去完成，和那個絕對不願意「被癌症嚇死」的生化博士對照，我們各自都在用自己的方法做功課，只是不知道，究竟是像他那樣「認

真活著」比較好，還是，像我這樣「安靜離去」比較好？

「她身邊應該二十四小時有人。」特約護士非常堅持。明瑜開始計畫接我回去。他們家很小，為了我，樣樣都要遷就，一定會弄得生活大亂。我搖搖頭，顫抖著手，摸摸明瑜的臉，在燥乾的空氣裡泛起淚水：「夠幸福了，這些天我一直在想，曾經為你做過些什麼？我真的好害怕，因為我想不出，曾經為誰做過什麼？這樣冰冷了一輩子的我，沒想到還有你，陪著走最後一段，我很滿足，一定會平安離去。」

停下話，我努力眨了眨眼睛，想忍一忍，還是沒忍住，圓滾滾的淚珠子掉下來，一會，才努力拉出笑臉問：「倒是你，有一天躺下，會是誰待在你身邊呢？」

明瑜一愣。我想，她一定會先想到珊珊，可是珊珊從小學一年級就日日仰望著二年五班的班長，然後同學、學長、樂隊指揮，現在是拉那路，一個階段又一個階段，重複各種暗戀、失望、而又決然離開的人生場景，她嚮往愛情，又害怕碰觸真相，下一個階段會在什麼時候什麼場景戀上了誰，不知道還要在情感上吃多少苦頭，大人們怎麼捨得成為她的負擔呢？

阿歡不在了，明瑜應該會想起松崗吧？松崗人呢？他多久沒回家了？明瑜什麼時候才會發現，是他，一直待在她們母女身邊。明瑜一定非常害怕，有一天會像我一樣，身邊沒有別人，她趴在我的床邊，拚命拚命掉眼淚。拍著她的背，我捨不得她哭。喘著氣，斷斷續續，費力地，不斷安慰著她：「別怕！生命的起伏遇合，哪裡是我們計畫

得到的呢？你不是，常常，說我聰明嗎？你看看，我這張蒼白的臉，這顆光裸的腦袋，就算再聰明，在生命的任何一個階段，我也不太可能，設想得到，此時此刻，你會待在我身邊，這世間，大部分的事情，本來就不是，我們，可以預想得到的。」

忽然，一聲輕雷。風聲悠長得有點古怪，一分鐘，或者更短，雨狂瀉而下，什麼感傷的感覺都忘記了，明瑜衝鋒救火隊似地四處去關窗戶，我忽然擔心起盈珊：「去接孩子吧！

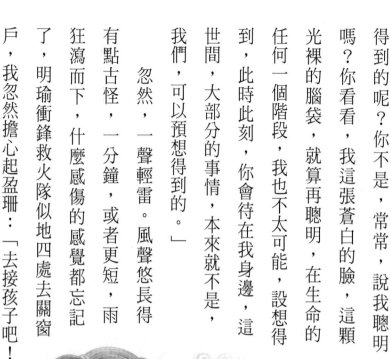

聽說她們在圖書館，先掛個電話通知阿妙、小蝶家人，松崗的手機呢？還記得號碼吧？早一點去，別耽擱了，晚些時候護士來打完針，我會睡得很熟，雨這麼大，夜裡不要再過來了！」

暴雨臨襲，整個城，猛然像戰火炸開，窗戶，像幾乎要承受不住地顫抖起來。雨勢大到像瀑布，什麼影像都蓋住，什麼聲音都蓋住。到處都是車，所有的車速都鎖在十公里以下，叭叭叭叭的汽車喇叭，瘋狂發洩著情緒，放縱，歡喜，解放……，在悶與熱的無止盡限水裡，忽然找到出路。

明瑜的心隨著這陣狂風暴雨裂成兩半，倉倉皇皇地看看門口，又回頭不安地看著我。我吃力地對她點點頭，無聲地在嘴裡說：「去吧！」

5. 被大宗抬起來的拉耶路

雨怎麼會忽然下得這麼大？早上剛起床時打了個噴嚏，糟糕，阿爸說，一早打噴嚏是不祥的預兆，要是碰到打獵，就得整個獵隊一起打道回府，真慘哪！果然，連續乾旱幾個月後，忽然，下起大雨，我這個噴嚏實在影響太大了。

才下了幾個鐘頭的雨，電視新聞不斷報導著各地災情。先是許多小橋，撐不住洪水般迅速漲上來的暴雨，接連地斷；交通路線開始一小截一小截地打結，車陣混亂；接著，山區近郊的社區，路基裂開，過度開發的斜坡山丘崩得很快。

電視畫面像卡通影片一樣，每切換一次就迸現新的災難，阿舅、阿妗帶著孩子們急急趕了過來，搶著說這雨下得突然，山區危險，堅持要接我們回家。兩個小孫女兒賴在阿公身邊撒嬌，阿公忍不住站起身，在屋子裡走來走去，弄得酷馬跟著也緊張地發出「嗯嗯嗯」的低鳴聲，阿公又坐下，盯著螢光幕，皺著眉頭說：「過了縣界大橋，轉入山區後有一段大轉彎，坡路很陡，路滑，客運車司機如果想早點回家急著趕路，不知道會發生什麼事？」

我開始後悔早上不應該打那麼大一個噴嚏，害我們現在不得不這麼擔心起阿爸。阿爸接了台灣最南端山區部落的景觀工程規劃設計，一直住在那裡，已經三個多月沒回家了，今天，剛好是他要回來的日子。一大早我們就準備了好多菜，阿公先把菜單寫好，貼在冰箱上給

煮飯阿姨看，只要阿爸回來，阿公一定堅持要我負責做其中最重要的一道，排灣族飯糰「奇尼布波波」，阿爸教我做的，在粟米中混入肉，再用樹葉包起來蒸熟，阿公總是說：「你媽媽如果還在，一定也希望你要好好學會，如何做一個排灣勇士。」

大人真的有點奇怪。我覺得阿公對阿爸很好，他常常跟我說：「你阿爸是個很有出息的排灣貴族，不要忘了，你流著他的血，雖然平常在學校上課要用漢名、和同學一起過著漢人的生活，到了寒暑假，一定要用你的排灣名字，儘可能學習做一個排灣勇士，這樣，你媽媽在天上也會很高興。」

阿爸也很關心阿公，可是好像又很氣他。平常很少講話的阿爸，一喝醉就唱歌，用排灣話唱很多很多好聽的歌，然後抱著我醉醺醺地掉著眼淚說：「你媽媽一定很喜歡過這樣的日子，幸好有你阿公。可惜，她跟著我只能做板模工人，她是被我累死的。不，不不不，她是被你阿公害死的啦！那時候女巫一直陪著她，她明明就要好起來了，你阿公一定要送她去醫院，她是被你阿公害死的啦！」

阿爸的哭聲很大聲，阿公當然聽得很清楚，有時候我會發現，阿公躲在自己的房間跟著哭。到了阿爸酒一醒，會對阿公行個禮，表示對不起，可是，他們兩個還是很少講話。萬不得已有事情要交代時，總是分別告訴我，其實，我不用猜都知道，他們是藉著告訴我好讓對方知道，比如說，阿爸這次要到哪裡去工作啊！阿公想讓我去上什麼課、做什麼事情。

他們要我這樣傳來傳去，我是不會煩啦，只是覺得很娘娘腔。我們班的女生不講話時就是這樣。不是說好不講話了嗎？還要把話傳來傳去，每次只要叫我傳話，我就大吼一聲：「趕快講話，不要扭扭捏

捏！」

有沒有效我是不知道，但是，總算女生們都知道，少把我們男生捲進去傳話，除非是那些娘娘腔。可是，我才不敢這樣對阿公和阿爸大吼，在家裡只好不得已當個「娘娘腔」，真怕有一天會被女生發現。

要不是我還這麼「樂意」當這種「傳話娘娘腔」，阿公和阿爸就不會住在一起了吧？聽阿舅說，阿公本來很有錢，可是他氣媽媽居然放著他介紹的那麼多個醫生、律師不嫁，不知道什麼時候愛上了個原住民，還跟著他下部落、做工地，有一餐、沒一餐地當個板模工人，阿公明明很心疼又不肯說，直到媽媽生病了，他認定媽是被阿爸拖累的，強把媽從部落帶回醫院，阿爸跟到醫院，每天不斷和阿公吵架，搶救不到一個禮拜，媽就走了，阿舅說，這兩個男人同時失去他們最

愛的女人，忽然，什麼話也不說，什麼架也不吵了。

阿爸每天不斷地畫著圖，不太吃，也不太睡，連鬍子也沒刮，像深山跑出來的大熊，可是又瘦得像一隻猴子，那時候阿妗很疼我，把我養得白白胖胖的，每次都說，我的臉還比阿爸大。阿爸就這樣畫了一本又一本畫冊。

有一天，阿公撿起那些畫冊翻了翻，指指其中一張畫滿陶甕的窗子問：「這是什麼？」

「拉那路他媽說，想在這樣的窗台邊看著陽光醒來。」阿

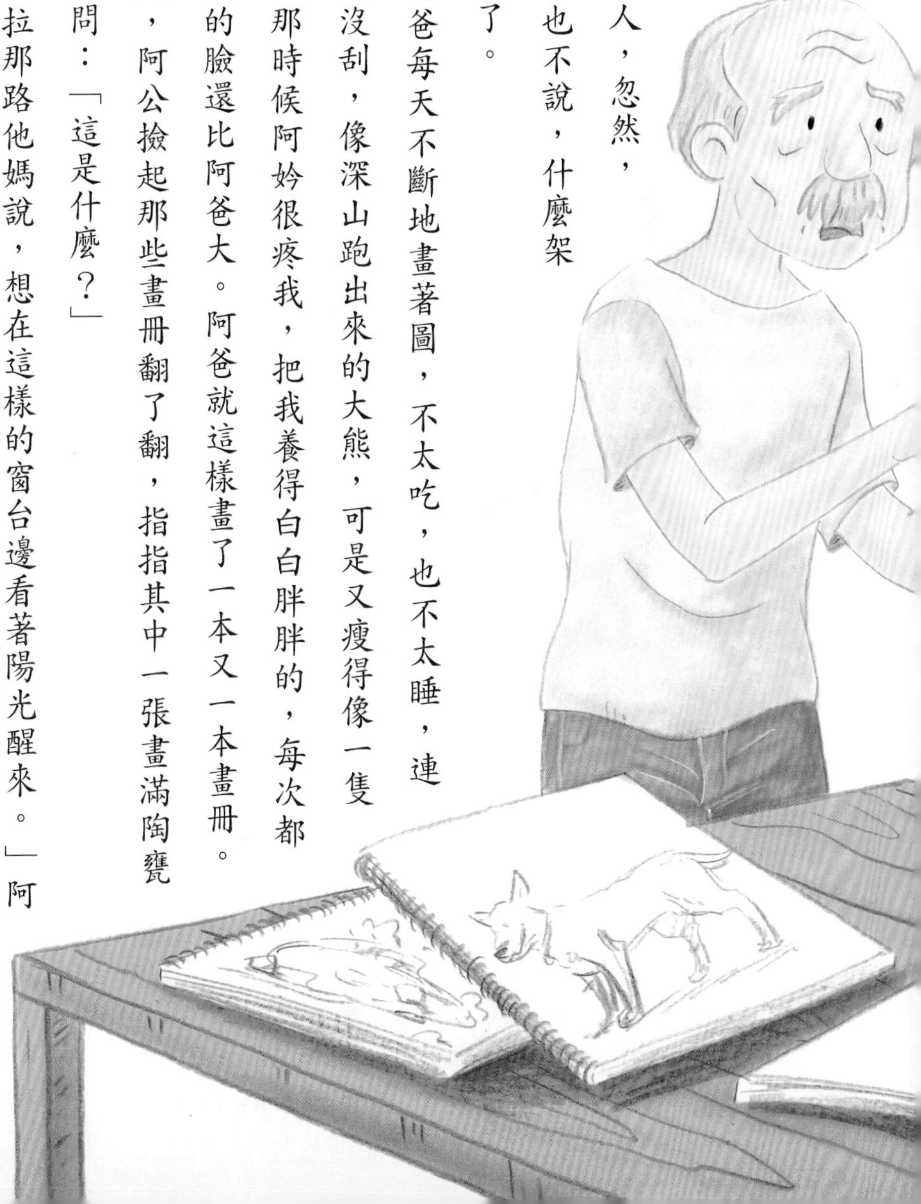

爸說。阿公撿了另一張水池問：「這是什麼？」

「要讓孩子有水可以玩、有魚可以抓。拉那路他媽一直這樣想。」阿爸停下話，阿公又撿起一張黑色的大土狗問：「這是什麼？」

「拉那路他媽交代，一定要為孩子養一隻大土狗，帶他們去打獵。」阿爸說。阿公咳了一下，換了本畫冊，看到各種關於一棟房子的立體造型和平面圖，每一扇窗都開得很大，二樓陽台更大，大到像一個沒有屋頂的客廳；沒有沙發，屋裡的座椅不是石板就是原木。他又換了一本畫冊，變成傢俱設備細部設計，有刻滿百合花的木雕盤子；大樹鑿空後做成人形的木頭椅子。最後，阿公終於照著阿爸的畫冊順序重新翻起，一翻開就是矮矮的石板圍牆，開了好多漂亮的花，阿公問：「這是什麼？」

「拉那路他媽喜歡用石牆和花來標示她的家。」阿爸說。阿公撿起一張漂亮的風景畫，石板台階，大片的樹和草地，沒等到阿公問起，阿爸就說：「拉那路他媽媽喜歡踩著石板台階回家。」

阿爸翻出一張木板大門特寫，兩個好大的人形，頭很大，整個身體和頭的比例差不多，長得有點古怪，門板上的空隙刻滿了盛開的百合花，他說：「我們說過要做這樣的大門，這就是她最喜歡的家。」

說到這裡，兩個大男人一起痛哭。阿舅每次講到這一段時，就故意抓起紙巾用力擤起鼻涕，並且捏著鼻子用好笑的鼻音模仿阿公說話：「不管多少年，我們一起來把拉那路他媽媽最喜歡的家蓋起來吧！」

阿公那時候真有辦法。帶著阿爸找了很久，終於找了塊好大好大的充滿陽光、水和小動物的山區土地，無論阿爸要做什麼，阿公都出錢支持。阿妗說，阿公把養老本全都丟進去了。那山區四處都是泰雅部落，阿爸偏要回排灣部落找他自己的族人一起搭蓋這座莊園。簡單的雛型蓋好以後，一切的細部工作，阿爸全部攬下來，自己砌石牆、鋪石板台階；自己刻胚、燒陶；自己鑿大木頭，然後雕刻、上色，這一做，就好多年好多年，從來不要任何人幫忙，因為他說，只有他知道媽媽要什麼。

從小，阿公常牽著我的手來看阿爸工作。五歲半那年，阿爸叫我留下，給了我一枝畫筆，開始

教我畫畫，阿公很高興，從此我就留在那個還沒有完工的莊園裡和阿爸住在一起。阿妗好生氣，三番兩次要阿舅載她到山裡來，一定要帶我回去。阿公不答應。他說，在醫院裡他答應了媽媽，一定會代替她把我訓練成一個很棒的排灣勇士，讓我像我的名字一樣，拉那路，有一天驕傲地被大家抬起來。

阿爸好像也知道這是媽媽的心願，和阿公一起嚴格地訓練我。我跟著阿爸，畫圖，雕刻，游泳，賽跑，生火野炊……。第一次，當我拿起雕刻刀為媽媽在門板上刻出漂亮的百合花時，我知道，我一定會變成媽媽心目中最棒的排灣勇士。

上小學前，莊園差不多快完成了，阿公帶著我搬進去和阿爸一起住，阿妗更生氣了，幾次向阿公抱怨：「阿爸，你這樣就不對了，女兒是肉，兒子難道就不是肉嗎？拉那路要上小學了，我們家才是明星

學區，你從我們家搬走，住到樣樣都不方便的山區，而且還和女婿住在一起，給人家知道，一定會說我們不孝，這樣我以後怎麼敢出門？出去會見笑死！」

「你可以跟大家說，我退休了，住在山裡可以多運動，身體比較好。而且拉那路喜歡山裡，在那裡上學比較快樂。」阿公其實很疼阿妗，他常說，阿妗很友孝，所以多安慰她幾句：「我想養一隻大狗，在市區不方便。反正山裡離這很近，你們以後也可以常常過來假。」

還好，這莊園蓋得很舒服，房間又多，果然，阿舅一家人很常來看我們，一到寒暑假就更熱鬧了。阿舅連著住了幾天，一直睡不好，原來，莊園蓋得太漂亮，每到假日從一大早就不斷有人來按門鈴，要

求參觀房子。阿公從一開始就在門口掛上：「私人住宅，請勿打擾」的牌子，總也無效。阿妗說：「要寫兇一點，像內有惡犬，按鈴請小心這些，大家才會怕。」

「不不不，這樣怎麼會有效？」事關阿舅的睡眠品質，他最賣力了。第二個禮拜，他做了個漂亮的牌子，很禮貌地寫著：「歡迎參觀，每人酌收參觀費一百元」。從那一天開始，我們的莊園終於安靜下來了，我也這樣安靜地在一大堆泰雅朋友中學著做一個「漢人學生」和「排灣勇士」，同時發現了其中的樂趣。

當然，還是會有不害怕「參觀費一百元」的訪客。有部落裡的牧師、年輕有創意的原住民藝術家、各種政府單位和社區發展協會的負責人……，他們

客客氣氣地按門鈴、繳參觀費，總是被阿公笑呵呵地退回去，一知道那牌子不過是阿舅「打擊門鈴罪犯」的手法，大家都跟著哈哈大笑。他們就這樣和和氣氣地談起心中想要規劃的各種融合現代生活和原住民風情的建築計畫，向阿公詢問許多關於經費、施工的細節，阿公做了篩選後，就會叫我通知阿爸直接和他們談。

談了幾次以後，這些人改變了我阿爸的人生。

沒有人會再把阿爸當作板模工人了，他多了個新名字，叫做「原住民藝術家」。阿舅說，當阿爸還是板模工人時，其實就喜歡畫、喜歡唱歌、喜歡陶刻木雕銅塑，十足是個原住民藝術家，要不然我媽怎麼會愛上他？不過，如果不是阿公甘心把退休

後大部分的資金都用來支持他完成這座莊園，我想，除了媽，不會有別人發現，原來阿爸是個「原住民藝術家」。

這當中最高興的是我阿妗。有一些記者來拍了照片，在阿公和阿爸嘴裡問不出什麼故事，為了報導這座莊園，他們去採訪我阿妗。她穿得好華麗，興奮地轉述、並且「發揚光大」關於我爸和我媽的愛情故事，直到被阿公發現後制止為止。不過，阿妗的梳妝台上已經放了好幾本雜誌，都是和「她」有關的報導，有一本還拍了她站在莊園前當封面，她已經夠滿意了。

我就是從那時候才開始替阿公、阿爸傳話。先是阿公替阿爸接案子叫我告訴他，後來有些人直接到阿爸設計監工的工地去找阿爸談，阿爸又把他新接的案子叫我告訴阿公，大夥也才注意到，原來這兩個「奇怪的男人」一起蓋了棟漂亮的房子，可是他們儘可能都不和對方講話。我阿妗說：「要我不跟你阿舅講話，不用半天，一定會被你阿舅煩死。這兩個人還真做得到這麼多年不講話，真剛好，只能說駝背的遇到大肚子！」

什麼？駝背的遇到大肚子？這是什麼意思？阿妗白了我一眼說：「你阿爸這麼會畫圖，你就不會試著也畫一個駝背、一個大肚子，這樣，不就知道意思了嗎？」

那有什麼問題？我很快畫了張「駝背的遇到大肚子」，這，這太誇張了吧？很像拼圖耶！怎麼那麼剛好就合得上去呢？阿妗看我還真的畫出來，忍不住哈哈大笑。我也笑我自己是大傻瓜，這麼大了還被阿妗作弄。

阿爸現在常常接了案子就好幾個月沒回來，阿妗已經不會一直嚷著要阿公搬回去，她在附近替阿公找了個負責煮飯和打掃的阿姨，自

己去學開車，一有空就過來陪阿公一起闢建菜園、整理溫室，不但阿公變強壯，她的身材也越來越苗條了呢！

上了國中以後，功課變重了，阿爸難得回來時總叮嚀我，不要整天和阿公、阿妗他們一起玩花啊菜的，男孩子如果看過十次開花就應該參加正式的族人狩獵。女人種田、男人打獵，這是再自然不過的事。等他有空，要帶我回部落的山坡地練習競走、長跑、負重、射箭，教我怎麼設陷阱、裝捕獸器、觀察山豬形跡，現在打獵不太能夠用獵槍了，我必須學會活用雙手在山裡討生活。

什麼？十次開花？阿爸實在太忙了，我哪止看過十次開花，我都十四歲了耶！等我回部落和那些只有十歲的孩子一起去打獵，一定會被他們笑死，這讓我一直不願意回部落，可是，一想到要打獵，我又全身興奮，大人們說得對，人生真的好矛盾唷！

因為還沒有回部落去打過獵，阿爸一直把我當作小孩子。還是阿公對我比較好，他一直說，我已經長大了，酷馬會幫我打獵，我們是世界上最好的「獵人特警隊」。我喜歡被阿公當作大人，雕刻，負重，長跑，和阿公一起養花種菜，就算不曾回到阿爸的部落山坡地，我也在這十幾年間熟悉了這整片山區，無論是用雙手在山裡討生活，或者是全力保護我們這座莊園，我已經作好準備了，我，沒，有，問，題。

哈！酷馬跳上來舔著我的臉，牠該不會讀得出我心裡正在想什麼吧？阿公喝止牠，他最不喜歡酷馬和我玩這些

「小孩子遊戲」。

酷馬才坐定，阿妗指著電視的驚呼聲，又讓牠急急盯住電視，牠當然沒辦法看得懂，只能回頭盯住每一張臉，來回逡巡著急於找出答案。阿公最擔心的那段大轉彎山坡，果然在大雨沖刷下，以驚人的聲勢坍塌下來，有一台客運車在陡坡下翻覆，半輛車埋在土石流裡，透過空中直升機的轉播攝錄，情況不太樂觀，可是，通往山區的唯一公路交通中斷，外面的救援車輛、人員全都進不來，加上市區路面急劇升高的淹水，讓人們陷入恐慌，水位漲得很急，交通更加混亂，水上警用摩托車開始四處救人，直升機盤旋在空中待命，大量的義警、義消、義工團體和各種專業的急難救助單位都慌慌亂在突來的豪雨裡搶修搶救，看起來各單位都沒有多餘的人手可以抽調到山區裡幫忙。

「完蛋了！這下連我們都回不去了。」阿妗一下子心情變得很不好，阿舅拍拍她的肩，笑著安慰她：「幸好，我們決定帶女兒來說服阿公回家，總算，全家人還在一起，廚房裡食物又多，就當作度假。」

阿妗白了他一眼，滿肚子害怕沒地方發洩，乾脆就罵阿舅：「笑，光只懂得笑，什麼正經事都不做。」

兩個小表妹唧唧咕咕跟著笑了起來，阿公也笑，然後又緊皺起眉，好像有重大的事要決定，又不知道該怎麼做才對，一下咬唇，一下又搖頭。酷馬高昂著頭，黑金金的眼珠子盯住阿公，好像急著要幫他做決定似的。阿舅問：「阿爸，你是不是想去看一看那台客運車？」

「那台埋在土石流裡的客運車，很可能載著拉那路他阿爸。回山裡的路崩了，救援現場混亂，也缺乏統一的調度指揮。」阿公遲疑

著，沒再說下去。交通既然中斷，除了山裡的人自求多福外，沒有外人可以幫忙。阿舅穿上外套：「我去看看好了！」

阿妗直覺就扯住他，臉上一陣白，囁嚅著，半天，才小聲地說：「你那麼少到山裡，連山路都沒有我走得穩，要是，要是……」

「少囉唆！不知道我年輕時可是游泳隊高手。」阿舅用力要甩開阿妗，阿妗平常幫阿公做的事多，力氣大得很，她一死命絞住阿舅大手臂，阿舅動彈不得，更何況，游泳和在山區救人，根本就是兩回事，在他們拉拉扯扯中，我想了想，忽然升起勇氣大聲說：「讓我去，我一定會找到阿爸。」

「怎麼可能讓你去？你根本就是個孩子！」阿舅第一個反對，阿妗想了想，大聲說：「還是我去好了，我常和阿爸在這山區走動，算起來我比較熟。」

他們自顧自吵來吵去時，阿公盯著我，我看著阿公，酷馬看著我們兩個，我們都在想，我真的有辦法找到阿爸嗎？終於，阿公問：「拉那路，你對這個山區，熟悉到什麼程度？」

「就跟狗賴在牠的狗窩沒什麼兩樣。」我看看酷馬，牠用力搖起尾巴。阿舅和阿妗被我們的對話嚇到，一時停下爭吵，阿公接著問：「你覺得自己像不像排灣勇士？」

「阿爸啊！他只是個孩子啊！」阿妗又開始大嚷大叫了，一點都不在乎我正對著大家，用力點頭。酷馬頭一偏，跟著點了一下，表示牠也同意，我高興地笑起來。想了很久，阿公嘆了一口氣，我知道，他捨不得我，我抱住他，很久很久不曾再這樣抱住阿公了，貼住他的臉，在他皺皺的臉皮上搓了搓：「你放心，媽會保佑我的！你忘啦？她一直要我做一個真正的排灣勇士，現在，是勇士要出門的時候啦！

不要擔心，媽會把我和阿爸都帶回來。」

就在阿舅、阿妗捨不得的鬧聲嚷嚷中，阿公遞給我那把老爸替我做的排灣彎刀。出門前，酷馬一馬當先搶著待命，我拍了拍牠的頭笑：「出發囉！我的勇士！」

明知道大夥都不放心地靠在門上一直看著我，我還是跨著大步，沒有回頭，只揮手向後表示，我走啦！放心，阿爸的安危就看我的啦！後來我才想到，阿公這時候一定神經緊繃、吃睡不得，我當然不會承認，可是他一定知道，我把事情想得太簡單，也把自己想得太厲害。

果然，這一路上山崖坍塌得太厲害，好幾段路都走不過去，我心裡急，一直想快點找到阿爸，決定穿過嬉戲十幾年的河谷往下游，那是我最愚蠢、在當時卻以為是最聰明的決定。一跳下水，水好強，

「趴！」地一響打在我臉上，打得我頭都昏了，洪濤的張力簡直像捲進大海裡，騰起落下，完全不能控制，連吃了幾口水，冰凍的低溫讓我稍微清醒，拚命提醒自己，放鬆，全身放鬆，讓肢體順著水流，讓皮膚上的每一個細胞都貼著水流動，慢慢，慢慢往下游流去，一旦呼應了水的韻律，水的速度很快，只感覺夾纏著砂礫樹枝的水切面，不斷削過皮膚，很痛，身邊一直有木頭、樹幹，還有一些奇奇怪怪的瓶瓶罐罐跟著打轉，就在自以為一切都在我的掌控下萬無一失時，忽然，「咚！」一聲，不知道發生什麼事，我眼睛一暗，整個人昏了過去。

一直夢見，有人沾了溼毛巾在替我擦臉。好冷。身體被厚茸茸的皮毛裹起來，很想睜開眼睛，卻打不開，頭好痛！這是怎麼回事？意識慢慢清醒集中，不是毛巾，是什麼溼溼黏黏的東西在舔我？什麼東

西？

心裡一涼，這下人就醒了，一看，天哪！是酷馬，幸好有酷馬裹住我，不斷伸出舌頭想把我舔醒，我全身發抖，還興奮地抓住牠，用力揉牠的毛：「可惡啊！好小子，居然游泳還游得比我好！」

酷馬得意地急甩起尾巴。頭殼裡好像有什麼怪東西急抽了兩下，痛死我了！頭怎麼會這麼痛？手一摸，還腫了個大包，站起身觀察河面，彎道上佈滿了大木頭，上游一定有人在偷砍樹，雨太大，這些珍貴的大木頭急沖下來，我剛剛一定是被其中一根撞昏的，這可比成龍、李連杰的拳頭還誇張，以後我挨打的功力可就大大提升了，乖乖，要不是酷馬，我命都沒了。原來，做決定是這麼不容易的事，我們卻總是決定得太容易，難怪大人們這麼害怕讓孩子一個人做決定。

我怎麼敢這樣倉促就往河裡跳？那一跳，幾乎要了我的命。回頭看看酷馬，牠高昂著頭，一副「幸好我跟了來」的宣告架式，嘿！這隻狗真不是蓋的，可以改行去當「限制級保姆」。這條說是交通中斷的山路，慢慢地，竄出越來越多人，比平常寂靜的公路多出好幾倍。他們應該都像我一樣，從各自不同的部落趕了出來，急著去找他們的家人吧？我想起阿舅說的，除了山裡的人自求多福外，沒有外人可以幫忙。

我們冒著大雨，爬樹、攀石坡，大夥同心協力，從爛泥土堆裡劃出一條路，酷馬尖銳的爪子扒抓著土洞，我的彎刀，在敲擊尖峭土石時慢慢曲捲了刀鋒，我還是越敲越用力。

越靠近大轉彎坡道就越多人，人聲，因為看到了翻覆的車子而沸騰起來。

酷馬躍上幾乎是九十度的斜坡急竄出去，然後狂吠起來，我著急的加快劇挖速度，每個人都因為靠近親人更加瘋狂賣力，忽然，我的心停在那裡，很高興，很痛，很亂，我發現阿爸。

阿爸緊貼著窗面，臉色慘白，勉強對我一笑，我覺得他還是不要笑好了，真的比哭還難看。酷馬哼哼哼地繞著窗子打轉，不知道是牠先發現阿爸，還是阿爸先發現牠？乖狗兒，我對牠眨了眨眼，然後提起彎刀，做手勢要阿爸讓開，然後用力敲，拚命敲，努力把整片密閉玻璃敲開，其他人發現，急切地擠到阿爸這個窗口，當我小心搬出阿爸時，有一個高大的泰雅族人幫我接了阿爸過去，對我豎起拇指，然後，更多的人開始拿起手邊的工具，我們一起敲開窗，每敲開一扇窗，在車外的人就接手幫忙把車子裡的人接出來，一邊敲，一邊接，幫忙的人越來越多，直到整車的人都得救。

酷馬呢？怎麼牠會不在我的身邊？急回身去找，酷馬守在阿爸身邊，阿爸大概在車子裡撐太久，一出來，緊繃的精神一放鬆，已經昏了過去。他的左半身壓到，可能骨折得很嚴重，真糟糕，我阿爸的手是畫圖的手，我可不准他輕易受傷。看看四周，有的乘客毫髮無傷，有些人已經被家人陸陸續續抬回去，剛替我接了阿爸過去的那個好心人問：「需要我們幫忙抬你阿爸回去嗎？」

要不要回去？我咬了咬唇，開始天人交戰，想到做決定是多麼困難的事，我得好好再想一想。抬回去，阿爸的傷怎麼辦？交通中斷，病人不能送醫，阿公會很著急，阿舅和阿妗一定會再吵一架，如果不抬回去呢？我必須再挖穿另一半崩塌的土石流，怎麼挖呢？就算出了山區，阿舅不在，我可以找誰送阿爸去醫院？找誰呢？不知道為什麼，腦子裡忽然浮起盈珊家裡的電話，上次阿公叫我通知她家人的電

話號碼，不知道有沒有記錯？不知道他們是不是願意來幫忙？

好像看得到我在擔心阿爸，那些還沒離開的大人們都放下剛從車裡救出來的家人，紛紛拾起原來的工具，開始鑿穿剩下的另一半遮斷路面的土石流。酷馬長嘯一聲，躍前扒抓出深深的土洞。我抱著阿爸，眼淚控制不住地掛在眼眶上，很快，他們已經挖出一條可供我和阿爸出入的通道。我永遠不會忘記，那個好心人這樣告訴我：「我們泰雅孩子如果長大了，就要經歷一次成人禮。一個人，通過黑暗。你也要學會這樣勇敢，向有光的地方走去，無論多遠多近，無論四周多黑，記住，只要你一直向有光的地方走去，光，就會在那裡。」

一直，一直向有光的地方走去。不需要回阿爸的排灣部落打獵，我住在泰雅山區，就要像一個泰雅孩子一樣，一個人，通過黑暗。

我抱起阿爸，一步一步，往漆黑的通道走去。幾乎沒有光線，可是我知道，我正向有光的地方走去。在黑夜裡，我看到一整車廂的人和身後大大小小不同部落的泰雅族人，都為我豎起拇指。

拉那路。媽，我知道你為什麼要把我叫做拉那路了。

單手抱住阿爸，在黑暗中，我舉起排灣武士銳利的彎刀，刀鋒閃閃，咬緊嘴唇，沒錯，我是拉那路，大家最需要的勇士，不是為了被大家揹起來，而是可以揹起大家，為大家服務的「真正的貴族」。

6. 盈珊，一個書寫幸福的名字

「我是拉那路，大家最需要的勇士，可以為大家服務的貴族。」拉那路輾轉在床上說著夢話。剛接到他的電話時，雨勢稍小，恢復正常供電，電話線路剛接通，隔著遙遙遠遠，拉那路聲音傳來，我都快昏過去，也不管老爸老媽怎麼想，光一迭聲地答應：「不要走開，你就留在那裡，我們馬上過去接你，不要走開唷！我們馬上過去。」

老爸、老媽急急開了車載著我和小蝶去接拉那路。小蝶有點不安，一路小心地問：「等一下會坐不下吧？我看，我還是在家裡等你們回來。」

「那怎麼行？萬一等一下雨又變大，停電，或者還有什麼我們不能預測的意外發生，在這麼不安的時候，無論到哪裡我們都應該守在一起。」老爸話一出口，我看到小蝶的臉色一暗，只能無聲在心裡嘆一口氣，說真的，從小到大老爸的神經就是這麼大條，實在不忍心怪他，他怎麼沒想到，小蝶的爸爸媽媽還沒來接她？

那時候雨剛下，我們都被那瘋狂的聲勢嚇壞了，慌慌站在圖書館前，好像走到「天荒地老」那樣的絕望境地時，阿妙的爸爸媽媽在混亂的人群裡發現我們，她媽媽興奮地緊緊抱住阿妙，阿妙伸出手，在她媽背後對我們做了個「V」字勝利手勢。常聽阿妙說她老媽有點天真，以前還不覺得，現在就覺得看了都很興奮，突然的災難，讓大刺刺的阿妙開始享受起小女孩的幸福。「妙爸爸」一直說要先送我們回

去，我們不肯，在這樣的大雨裡，誰都想儘快看到自己的爸爸媽媽，「妙媽媽」連打了幾個噴嚏，我連聲催著他們回去，還不斷向他們保證：「我媽真的已經趕過來了，萬一她找不到我，一定會急死。」

小蝶咬著唇，一直沒說話。她一定也很希望爸爸媽媽趕來接她吧？同學這麼久，我還沒看過小蝶的爸爸媽媽來接過她。不知道，有沒有人連絡得上他們？我們呆呆地盯著遠遠的淹水區，陸陸續續沖出來的傢俱、家電、辦公設備，亂烘烘地漂在水面上，直升機盤旋在空中做連線報導，警方、軍方，還有各個民間單位的擴音機夾雜在一起，所有的人都在吼，可是，所有的人都聽不到大家到底在講什麼？再過去一點點，就是小蝶爸爸媽媽的辦公室，我想，小蝶一定和我一樣，反覆猜測著，他們還好吧？有這麼多人急切地你找我、我找你，他們也會心慌慌地四處在找小蝶嗎？還是，急著搶救他們的財物？就在我們亂七八糟地東想西想時，忽然，有人從身後抱住我，抱得又緊又急，我都快嚇死了，拚出逃命的力氣死命掙扎。

過一會才發現，是我媽。媽的懷抱對我來說，居然和綁匪差不多？我完全不知道，媽媽的擁抱原來是這樣？這太誇張了吧？看著媽媽的臉，第一次，在她臉上讀到混亂和著慌，她是為了我這樣驚慌失控的嗎？是因為害怕這場大雨？還是，真的害怕失去我？我們變得有點尷尬，僵硬的身體沒辦法更親密，可是也沒有鬆開，沒有人說話。忽然，小蝶驚呼：「糟糕，有一台車子整個沉下去了！」

接著一陣歡呼，顯然車裡的人都平安逃了出來，還能游動的紛紛游上岸，體力耗盡或不熟水性的，很快也都有橡皮艇在接應。我們全

都鬆了口氣。一直緊張地張望著不知道在等待什麼的我，同時也鬆靠在媽媽懷裡，媽媽抱著我，一直用盡勁力地抱著我，直到我「回到現實」，忽然嚇了好大一跳，從來不習慣擁抱的我，居然這麼沒有用地躲在媽媽懷裡？很難解釋地，用力推開媽，把她嚇了一跳。

小蝶張著眼睛，靜靜地看著我，和媽媽，以及我們奇異而不自然的相逢和擁抱。媽說已經先通知小蝶的爸爸媽媽，我們在圖書館，陪小蝶等了近一個鐘頭，他們一直沒有來接小蝶。雨太大了，媽堅持要小蝶和我一起回家，不准一個人繼續等下去。

坐進車裡，我刻意離駕駛座遠一點，怕媽等一下忽然又抱我，從小我就被媽推得遠遠的，這樣的日子過得

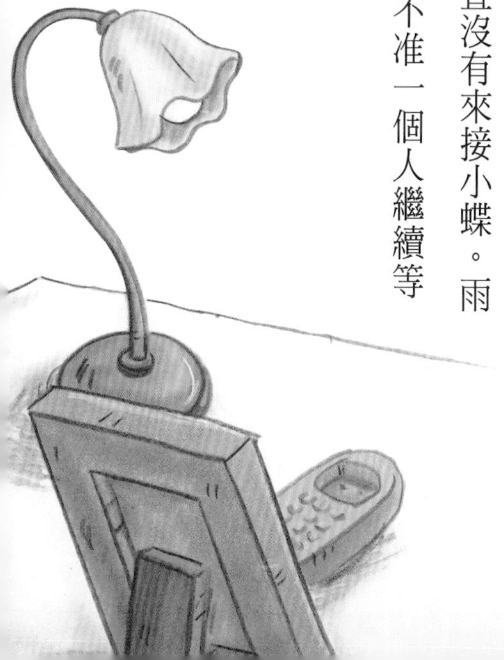

很習慣，反而不喜歡突然的擁抱，而且，我也不想當著小蝶面前表現得太肉麻。可是，媽握著方向盤，眼淚放肆流竄，在這被雨覆蓋的城市，車裡居然還比車外溼得更厲害，不希望她是因為我才這麼難過，放輕了聲音轉移話題問：「媽，你別哭，你怕等一下會閃電，是嗎？」

「太久沒下雨，我都忘記了我害怕閃電。」她愣了一下，看得出她努力想裝得堅強一點：「珊珊居然記得。有珊珊在，媽媽不怕！」

她稍微放慢車速，看起來想摟我一下，還好，我坐得很遠。媽用力抿住唇，緊緊抿著的唇線，輕輕顫著，好像很難過。沒見過這麼擋不住的雨勢，雨刷調到極限還看不到來路，只能憑著本能和直覺往前開。我不是不喜歡媽，只是不習慣，像太久沒下雨了，你看這土地根本就忘了水的滋潤，居然到處都釀成災禍。瑤阿姨說，愛需要學習，

人與人之間的掛鉤需要時間累積，如果我們不能相互熟悉、相互靠近，怎麼能夠奢望，想愛一個人就愛，想抱一個人就抱呢？

頭好痛，身體輕輕的，好像浮在半空中，感覺上，快到家了，又覺得不是。屋門口有人，誰會在這麼大雨裡站在路邊？車子慢慢滑近，那人全身都溼了，身形有點熟悉。我知道那是誰了！是爸！最疼最疼我、疼到即使只是腳趾頭像他，也像得讓他心花怒放的老爸，車沒停穩，他衝近，拉開車門，我撲了過去，不知道為什麼，居然大聲呼喚著：「爸爸，抱我，爸爸抱我！」

好像有電流當頭淋下，全身戰慄，原來，我需要擁抱，真的需要一些熟悉的愛我、也被我愛的證據。媽媽還在車上，想到剛剛在圖書館前推開她，以及在車上故意拉開的距離，有點對不起她，她一定很難過。一下子發生太多事了，大雨，我，爸爸，所有真實生活的變動對媽來說，都比電視劇強烈得太多，媽一直留在車上，不敢下車。

爸翼護著我替媽拉開車門，雨水沖刷的力量真大，不知道在雨中站了多久的爸，眼睛被雨水打得漲紅，沒有對消失了這麼久做任何解釋，只是用如常的家居語氣哄著媽：「眼睛怎麼哭得這麼腫？手機打不通，整個機房線路都掛了，不知道你們什麼時候回來，心裡又急，只能一直站在這裡等你們，太久沒下雨，夜裡的閃電一定很多，回來陪你們。」

媽哭得更厲害，眼皮很腫，爸接過車鑰匙，停好車，抱起媽媽回家。小蝶感動得哭起來，而且抽抽咽咽，好像她才是女主角，害我一直拉她，叫她別哭，我覺得很丟臉。老爸老媽陌生了十幾年，在這場大雨中，終於

相互靠近，重新認識，媽埋在老爸懷裡，哽咽著聲音說不出話，她還想哭，可是這一路上實在哭得太厲害，眼淚幾乎都流光了，爸輕輕拍她的臉：「別哭，再哭下去，這雙漂亮的眼睛就要瞎了。」

經過緊急搶修，終於正常供電。電話線一接通，小蝶連絡上爸媽，他們很高興，她安全地待在同學家，因為雨太大了，公司損失難以估計，他們必須留在現場搶救設備，實在抽不出身來照顧她。小蝶沒回答什麼，只是呆呆地握著電話。真替小蝶難過，我們都不知道該說些什麼？

捲在毯子裡，反覆盯著電視轉著遙控器，新聞畫面都是錯亂的，切來換去，不斷重播，跳接得毫無秩序，想知道的訊息大半都看不到，才切入某一個災難畫面覺得可憐，又切換到另一個孤立的災難場景，有點孤單，也有點幸福，世界好亂，爸回來了，家裡第一次出現僵硬的擁抱與和解，屋子角落一直傳來低抑的哭泣和安慰，真奇怪，老爸居然懂得這麼多方法來哄著媽。

拉那路的電話一響，我們都嚇了好大一跳。爸和媽難得地一起採取有效而一致的行動。我們迅速開往山區，很快找到拉那路。他阿爸臉色青紫地昏迷著，拉那路好不到哪裡去，全身溼淋淋地發著抖，緊纏著他們的酷馬也溼透了，完全沒辦法讓他們取暖。車子擠了太多人，實在裝不下酷馬，拉那路僵冷到說不出話，我只好蹲下身告訴酷馬：「我們會好好照顧你的小主人，你要儘快回去，轉告阿公，請他們放心。」

酷馬偏著頭低聲嗚叫，不願離開牠的主人。老爸跳下車，先抱起拉那路他阿爸送進車裡，再抱進拉那路，脫下外套蓋住他們，急著把車內暖氣調到極限，加快速度，透過後車窗看得到酷馬一路追著，越

追，影子越小，很快消失在黑暗裡。

老爸緊急把這兩父子送進醫院。急診處鬧哄哄的，拉那路他阿爸左半身骨折又經歷僵凍顛簸，很快被推入手術室做緊急處理，拉那路送進病房，更衣、急救、打點滴，身體一暖，他立刻沉沉睡去。

老爸好不容易連絡上拉那路他阿公。阿公年紀太大，阿妗反對他半夜出門，他阿舅委請兩位熟識的泰雅嚮導，連夜帶著他劈整山路、穿出山區，一路趕到醫院來。

當拉那路他阿爸推出手術室住進病房時，一直陪著拉那路的我，不知道什麼時候跟著睡了去。醒來時，他阿舅到了，滿臉狼狽的一個大個兒，還笑咪咪地和老爸老媽在病房門口說著話；拉那路醒了，大概怕吵醒我，正小聲地和小蝶說著話，小蝶不斷笑著，不知道為什麼，我胸口一悶，低下頭，假裝自己還在睡，靜靜聽拉那路敘說著一

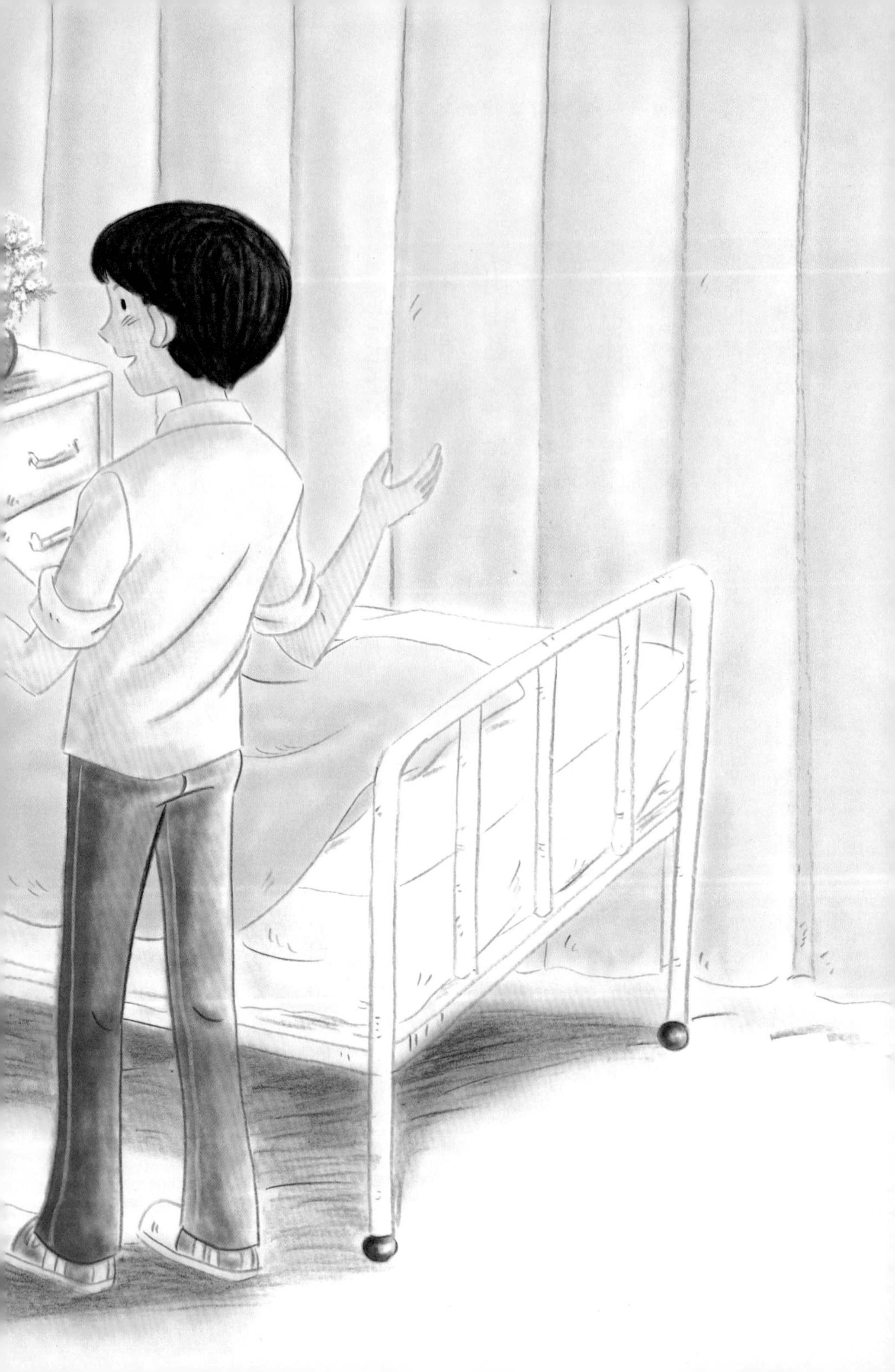

1108 - 拉那路
主治醫師
李鴻清
責任護士
周盈禎

路的驚險起伏，小蝶總是輕聲吁嘆，無限神往，我聽到拉那路越說越放大了聲音，像真正的英雄俯瞰著崇拜他的裙釵子民，直到他大聲笑起來時，他阿舅走進來跟著笑：「嘿，臭小子，真有你的，你阿爸這條命，真讓你撿回來了！」

「阿舅，酷馬回到家了嗎？」拉那路的聲音快樂得像在跳舞。他阿舅搖搖頭：「沒良心的小傢伙，我一接到電話就像個野人般趕過來，你沒問我，居然先問酷馬，也不管你阿公、阿妗和兩個小ㄚ頭現在緊張到什麼程度？」

「哎呀！我知道阿妗會把

大家照顧得很好嘛！」拉那路搔搔頭。小蝶笑著替他說話：「拉那路從一醒來就拚命吹牛，說他阿舅有多麼厲害，什麼難題都可以用最簡單、最輕鬆的方法解決，他啊！只會崇拜你，哪裡知道要擔心你呢？」

阿舅高興得哈哈大笑，瞧小蝶說得多讓人喜歡！拉那路他阿爸跟著呻吟一聲，拉那路掙著跳下病床移過去，看起來他已經休息夠了，身體輕巧得像一頭山裡的小豹子。我藉著這個機會站起身，看著他阿爸慢慢清醒。他睜開眼睛，看看大家，從一張臉移向另一張臉，然後，第一句話居然問：「阿爸呢？」

「大家都在家裡。剛剛掛了電話回去，阿爸還沒睡，在等你的消息。」阿舅急著說。拉那路他阿爸看著站在他身前這個壯壯的兒子，看著，看著，靜靜流下淚，他說：「很想讓阿爸知道，真的很謝謝他。我剛剛看到拉那路他媽媽了，她還是那麼漂亮，說她過得很好，她向我說謝謝，說我把拉那路教得多麼好！我怎麼可能做得到呢？幸好有阿爸，我要謝謝阿爸，謝謝他，因為愛那個女兒，還這樣愛著我，愛拉那路。」

「我們當然都愛拉那路。」說話一直非常開朗的阿舅，忽然變得有點扭捏，他把拉那路拉到身前，一下子不知道該接些什麼。拉那路咧開嘴傻呼呼地說：「我答應阿公，一定要把你帶回去。我們準備好多菜，怎麼吃也吃不完呢！對了，阿爸，可以帶小蝶一起回去嗎？已經半夜了，她阿爸阿母到現在都還沒來接她，剛好跟我們回去幫忙吃菜。」

「對呀！邱先生、邱太太和盈珊都要一起來，我太太還沒看過盈珊這個漂亮的小美人呢！」阿舅恢復伶牙俐齒，拉那路開心地點點頭，又忽然轉過身對小蝶說：「來我們家吃你從來沒吃過的奇尼布波波，我自己做的唷！」

小蝶趕緊搖頭，驚慌的眼急急要告訴我，她不會背叛我。我心裡很難過，看小蝶這樣著慌，連對她生氣，我都不忍心。初相識的驚豔，這就是小蝶一輩子想像的，她總是說，在初相見的瞬間，有一些人、有一些事，沒有理由地，都不一樣了。

像她這麼溫柔的女孩子，走進那美麗莊園，無論是阿公也好，酷馬也好，拉那路他阿爸也好，阿舅阿妗也好，

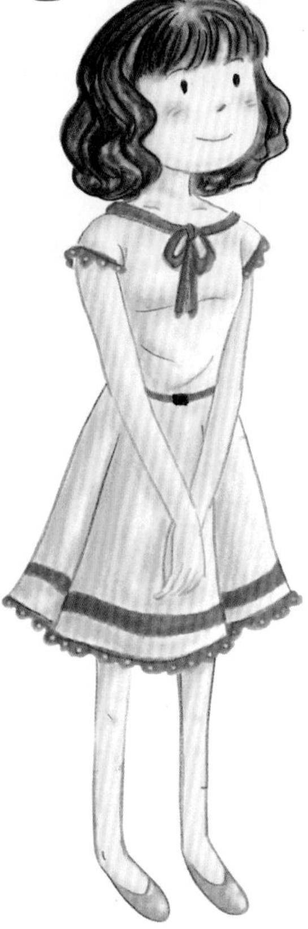

還有，我忽然心酸起來，連拉那路都一樣，誰都會對她很好很好。可是，這怎麼可能呢？和拉那路初相識，閃耀在河谷的金色陽光下的人，是我啊！在話題裡，為他演繹了千千萬萬個細節的人也是我！拉那路為什麼，為什麼不肯先找我？為什麼只邀小蝶一個人去吃他親手做的奇尼布波波？

我再說不出半句話。阿舅一定要留下小蝶，說他會和小蝶爸媽連絡，醫院離他們公司很近，他們可以過來，說不定，天亮後公路修通，大家可以一起回莊園聚聚。小蝶一直在等爸爸媽媽。拉那路回頭對他阿爸一長串

地說：「小蝶很像媽。你注意聽她的聲音，又輕，又亮，好好聽，就像媽媽；還有，你看她的臉，好像媽，不是五官像，是感覺，臉小小的，臉色黃黃的，眼睛像酷馬一樣，總是靜靜地看著人，偏著頭聽人說話，媽也是這樣，話還沒有說出來，先靜靜看我老半天。記得，好小好小時，你喝酒，整夜都沒回來，快天亮前我發現媽沒睡，問她怎麼啦？她看著我，一直看了很久，才偏著頭說，我要等你阿爸。」

「臭小子，這有什麼好說的，你阿爸後來不就不喝酒了？」阿舅用力打了拉那路後腦勺。大家都笑了。只有小蝶沒有笑，她驚慌地看著我，伸手握住我，我的手好冰，腦子裡空空的，不知道自己怎麼離開醫院的？只覺得全身發冷。回到家一等到爸媽睡下，我又爬起來，打開電視，捲著厚厚的毯子蹲坐在電視前，頭伏進膝蓋間，不知道自己要做些什麼，只是呆呆坐著，就像老媽，什麼都不做，只是坐在電視前發呆。

最討厭媽這個樣子了，我不要，不要像她這樣。心裡一直想著，應該起身做點什麼事，來，深呼吸，振作一下，應該關掉電視，不要再盯著螢光幕傻傻發呆了，可是，為什麼我會這麼倦呢？不想站起來，不想關電視，不想離開這小小的溫暖的位置？拉那路，被抬起來的拉那路。那個勇士拉那路，已經離得我很遠很遠。

他怎麼會不喜歡我呢？是不是因為他看過的排灣女孩比我更漂亮？可是，他怎麼會選擇小蝶呢？小蝶算漂亮嗎？還是，他喜歡的不是漂亮，是無止盡的溫柔，像小蝶？他是不

是覺得我總是那麼兇，像滿肚子火沒地方發洩？我怎麼會有那麼多憤怒？為什麼明明沒有不好的意思，一講起話來卻好像每一天都在和全世界作對？

拉那路為什麼覺得小蝶像他媽媽？他媽媽一定很溫柔吧？就像小蝶。原來只是這樣，他沒有別的意思，小蝶讓他想起媽媽。原來只是這樣。鼻子好酸，酸到沿著鼻樑、眉心到額頭，全都一陣劇痛，眼睛好癢，溼溼的眼眶浸著水，又癢又痛。

原來，哭泣是這麼疼痛的事，流眼淚好難過。媽媽就這樣過日子的嗎？她這麼常哭，到底，心裡藏著什麼樣的難過，居然眼淚會這麼多這麼多？還是，其實她也不知道，她為什麼難過？就好像如果你問我，我也不知道，我怎麼哭了？

我到底為了什麼流淚？

從來沒有找到過出路的眼淚，忽然鑿出水道，開始拚命傾瀉。我伏下身，開始痛哭。起初是小小聲的，怕吵醒老爸老媽，慢慢地，那種會咬人的心酸，怎麼都控制不住了，聲音變大，變大，直到我發現，放聲大哭有放聲大哭的痛快，終於，我開始「驚天動地」地哭起來。

媽被我嚇壞了，急急忙忙衝出來抱住我，爸跟著衝出來，我抱住媽，爸又抱住媽媽和媽媽懷裡的我，他總是勸媽不要哭，卻奇怪地對我說：「好孩子，哭吧！我早就知道，你需要好好地哭，大大地給他哭一個地久天長天昏地暗吧！」

我本來正在專心地哭，又被老爸逗笑，一下子情緒變得很複雜。

媽也含著眼淚在笑。她專心看著老爸，老爸給她看得臉都紅了，媽盯著爸的眼睛，有點歡喜又有點感傷地說：「十幾年來，我都不知道，你這麼會逗珊珊笑。我喜歡會逗人笑的男孩。很久很久以前，我認識一個人，以為那就是世界上唯一最會逗人笑的男孩了，他叫阿歡，我沒有一天忘記過他。」

接下來，我真不敢相信，我那粗粗魯魯的老爸會講出這麼讓人臉紅心跳的情話：「從今天起，你還是可以一直一直記得他，你可以告訴我們全部的故事，珊珊和我，我們都好喜歡好喜歡你，喜歡分享你的全部，我們可以全家一起，一直一直記得他。」

真的，我頭都昏了，一下子什麼小蝶、拉那路，什麼美麗莊園、排灣獵人……，什麼不相干的事我都忘了，只記得，媽的眼淚，爸的笑臉，傷心的車禍，阿歡和媽的故事，我和阿歡爸爸的故事，阿歡爸爸家裡的爺爺奶奶的故事……，還有，瑤阿姨狠狠的那一巴掌，媽噙著眼淚說：「我想，我花了那麼多時間照顧小瑤，其實不只是照顧她，我照顧著的，是我始終不肯長大的傷痛，是我從來沒有揮霍過就凋零了的青春。」

天哪！我快要喘不過氣來了，老媽最近大概看太多愛情羅曼史了，講起話來很像小蝶。老爸也沒看過羅曼史，怎麼知道要親親媽的眼淚，還厚著臉皮說：「別瞎說，你永遠那麼青春，那麼美麗，你看我們珊珊，她完全像到你，超完美吧？」

真厲害，他一口氣討好了兩個對他來說最重要的女人。這一段話，我要記在日記裡，永遠不能忘記，還要

和小蝶分享，並且要把這段話、這個場景，投書到報社去，這是我們家活生生的故事，比羅曼史還要驚心動魄。

我要抗議，為什麼學校裡每一個老師都怪我們看羅曼史，硬要說羅曼史讓我們「沉溺幻想、逃避現實」，現實人間有時候比羅曼史還要夢幻呢！像小蝶和拉那路相遇，關於名字的預言，每朵花都停著一隻蝴蝶。

奇怪？我不是才剛為拉那路哭到肝腸寸斷嗎？偎靠在媽媽懷裡，真想弄清楚，我的難過，都到哪裡去了？媽媽摸著我的臉說：「小瑤告訴我很多次，一定要多抱抱你。你愛做夢，從小學一年級起就喜歡談戀愛，心裡一定很柔軟很柔軟；可是你不接受任何喜歡你的人，暗戀的對象也常常換，大概你的心有一個角落很寂寞。她說，只要我多抱抱你，一定可以讓你溫暖起來，原來，心裡溫暖的人，就會變得很

愛哭？」

「我最溫暖了！你覺得我愛哭嗎？」老爸一說，媽笑得像一朵燦爛的玫瑰。不知道什麼時候，雨勢慢慢小了，一陣急，一陣停，高漲的水面慢慢地退，明天，會不會好天氣呢？雖然很晚很晚，我還是急著要打電話給小蝶，小蝶終於回到家，她的聲音顫抖著：「珊，我沒有，沒有跟拉那路回去。」

「我知道。可是，我想要讓你知道，並不是你去了莊園我們就不算死黨，拉那路人很好，那莊園好漂亮，我很希望你去看看。以後，我們還可以找阿妙三個人一起去。對了，你爸媽什麼時候來接你的？」我一問，小蝶忍著，最後還是忍不住哭了：「沒有，沒有人來接我。損失太大，他們整夜都不敢離開公司，還拜託拉那路他阿舅先送我回來。」

握著電話，真替小蝶難過。為什麼呢？為什麼她可以一直這麼溫柔？為什麼在這麼多不如意裡，她還可以常常和我們分享那麼多小小的喜悅？忽然想起，拉那路在醫院裡對小蝶說，向有光的地方走去，深深的黑暗就不會讓人害怕，只要記得，向有光的地方走去。

我發現小蝶這一輩子，無論是聞到死亡的味道、看羅曼史、陪瑤阿姨……，在每一天對每一個人看待每一件事情，她好像也是這樣，一直，努力地向有光的地方走去。一抬頭，看到老爸老媽對我微笑。為什麼有這麼好的爸爸媽媽在我身邊，我卻從來不去看不去發現？只帶著全身飽漲的火藥味，努力和全世界作對，為什麼我從來不知道，向有光的地方走去，是生命最好的禮物？

從床上移轉到河谷去，是老天爺給我的最不可思議的禮物。

是不是有人相信，已經不重要了，就算老媽一直半信半疑，老爸

從回到家後就一口咬定，我只是做了一場古怪的夢也沒關係。認識拉那路，讓我從忿懣不安走向有光的地方。如果再遇到瑤阿姨，我一定要問一問她，是不是因為我那沒地方宣洩的憤怒快要迸裂了，就在那神奇的七月七日早上七點七分鬧鐘一響，所有的能量，奇異地得到紓解移轉？

這世間的能量磁場，本來就努力在尋求平衡，三重天、七重天、九重天，這些數字都不是偶然，生息相關著的宇宙運作，有他獨特的意義，老天爺給了我們很多機會，只是我們常忽略了所有的訊息，也許和拉那路相遇，是為了讓我明白很多功課。瑤阿姨不是說，我和拉那路之間有奇異的磁場牽繫嗎？為什麼拉那路和小蝶初相識就如此熟悉，是不是因為小蝶這輩子都相信，隔著幾千幾百人我們一定會遇到那個註定要在一起的人？會不會拉那路真的是應著小蝶的潛意識召喚出來的？

我是不是因為拉那路，才看見小蝶，然後學會，和小蝶一樣，努力向有光的地方走去？和拉那路的神祕相識，當然不會只註定牽引著拉那路和小蝶相遇，是不是有一些對我來說非常重要的功課，一直在，喚醒我？

拉那路一見面就叫我，會笑的珊瑚，那是一種光亮的印記，我現在才發現，盈珊，是一個書寫幸福的名字。

在醫院裡，看著沒有媽媽的拉那路，被愛得好滿足，我有媽媽，為什麼不肯過得比拉那路更幸福呢？靠著老爸老媽，早已習慣不哭也不多做要求的我，居然提出一個非常肉麻的建議：「好久沒有大家一起睡，既然老爸說，夜裡有很多閃電，我看，大家就一起擠一個晚上吧！」

媽抿著唇笑，沒說話。爸這個老奸，還皺起眉頭，一副「不甚樂意」的樣子，其實他心裡高興得要命。果然，夜裡閃電連連，媽醒了過來，靠在老爸懷裡，最怕閃電的媽覺得很安全，在幸福邊緣的人講起話來，誰都像在「創作羅曼史」，媽輕輕說：「愛和不愛，我們怎麼算得清楚？年輕時的我們怎麼會這麼瘋狂，居然對來不及說再見這樣耿耿於懷？居然會以為碰觸愛情，就等於擁抱了全世界？」

爸和我們約好，天一亮就帶我們去看看阿歡爸爸那邊的爺爺奶奶，然後，我們三個人擠在床上，頭靠著頭，睡得甜甜的。想起在瑤阿姨那裡看到的，有一些深入腦波研究的書裡記載，當很多人一起頭靠著頭睡，因為腦波接近，幾個人之間常會相互影響，夢見重疊的場景。不知道是不是真的？臨睡前，我牢牢牽著媽媽的手，想要，所有喜歡的人都可以一起做很多喜歡的事，我也想要，和媽媽靠得很近很近，一起做重疊的夢，不知道媽媽是不是也會夢見我？

在夢裡，我一個人，回到媽媽傷心時偎靠著的那棵大樹底下，大樹仍然蓊鬱青蒼，一團又一團遙不可及的雲塊，像我的陶土，色色樣樣，重重疊疊，白的，灰的，藍的，淺的，暗的……。我看到媽媽，看到瑤阿姨，她們靠在大樹上，一起對著天空發呆，有一個人，很高，看不清楚他的臉，踩著雲塊，一步一步走下來，媽仰著頭，一下子忘了呼吸，什麼都說不出來，瑤阿姨對他招手，要他過來，隨著他大跨步走近的步伐，我聽到媽的心跳，不能控制地咚咚咚吵了起來，越走近就越覺得媽全身戰慄，大樹，跟著搖顫得好厲害。

直到他坐下，貼著媽，同樣靠著大樹，風吹著他們，衣服飛了起來，第一次看到瑤阿姨的頭髮，好長好多，髮絲拂過我們的臉。我也坐下，閉上眼睛，心跳，慢慢沉寂，媽媽戰慄著的每一段筋骨肢節，

應和著一種很輕很柔的無聲節奏舒開，身體鬆鬆軟軟的，好像就要浮起來，好大好大的風，鑽進皮膚上每一個碎碎細細的小細胞，來自四面八方，環抱著我們，很小很小的雨點，飄在臉上，好涼，好舒服。

月亮缺了又圓。太陽浮起又沉。風吹。雨淋。泥土溼了又乾。媽反覆看著那個人，只輕輕問：「餓嗎？你都吃些什麼？」

原來，就像瑤阿姨說的，知道彼此活著，一起呼吸，一起靜靜相看，聽聽在看不見對方的時候各自吃了些什麼，真是一種說不出的幸福。忽然很想知道，

瑤阿姨最後是不是也找得到一個人問問他：「晚餐吃了什麼？」

才想找瑤阿姨，一回頭，發現靠在媽身邊的那個人的臉模，忽然變得好清楚，是爸。立刻，醒了過來。好像感應到什麼，睡得很熟的爸和媽，很快跟著醒來，向媽媽眨眨眼睛，說不定她也做了和我差不多的夢，因為，我們的頭靠得好近好近，幾乎沒有空隙。

不知道為什麼，很想去看看瑤阿姨。天快亮了，爸決定大家一起過去。水已經退了，路不難開。推開門，空氣裡有一種奇異的氣氛，我們立刻知道，瑤阿姨走了。她那澄淨的臉顏，平靜得好像只是在熟睡，屋子裡水氣氤氳，萬年青映著月色，無聲怒放在瑤阿姨床前的窗台上，抽屜開著，有一張瑤阿姨特意留下來的短短紙箋：「孩子們，阿姨做了天使以後，一定會在有光的地方，一直陪著你們。」

靜寂的夜，唧唧嘎嘎傳出一張雪白的傳真紙。映著漆黑墨色，好像下了場凌亂的雪。開了燈，溫黃的燈色照亮我們彼此，瑤阿姨以前

的助理教授終於傳真過來，我們專心讀著這些曾經讓我們熱切期盼過、焦慮過，又在一天又一天等待後不得不放棄的一字一句：

小瑤，下個禮拜我要去大陸看看研究環境，有個新計畫，說不準是哪一天，但是，一定會抽空繞到台灣，順便看看你。

看著這樣的傳真，忍不住替瑤阿姨難過。

媽緊握住我的手，握得我從心裡暖起來。原來，我們有我們的煩惱，大人也有大人的不如意，攤在我們眼前的，到底是什麼樣的人生呢？

我們要怎麼才能學會，一輩子，向有光的地方走去？

延伸閱讀

催動魔法的關鍵咒語

陳依雯

一、豐秋序曲

「這世間的每一樁完美，都有一些不堪碰觸的疼痛。」秋芳在《魔法雙眼皮》自序中曾語重心長地感慨著，好像那些在旁人看來幸福美好的光芒，原來都藏著一根根刺，深深扎進眼睛到達不了的心底。而如果連現世靜好的恬淡生活都能夠重重刺傷人，那麼我們還能信仰些什麼？又該期待些什麼？生活難道沒有更好的選擇？或者更好的可能嗎？

秋芳以「光」之三部曲：《魔法雙眼皮》、《不要說再見》、《向有光

的地方走去》這三部少年小說，循序漸進引領所有讀者進入生命功課的思索甬道，這裡沒有絕對正確的答案，也沒有必然如何的結果，唯有一種柔韌向陽的剛毅堅持，深深種植在心的底層，即使風雨如晦，仍能面無懼色，筆直迎向前方「始終沒人能說得清楚」的自我困境。

第一部《魔法雙眼皮》訴說著本該青春洋溢的孤獨孩子陳明瑜，渴望愛與關懷，走入了蒼蒼蒹葭的清冷深秋，她用自己可以決定、控制的魔法，不斷追尋「所謂伊人」的身影，而最後發現那魔法，其實什麼都不是，她仍然得心碎送出每一次再見。

第二部《不要說再見》，我們看見成為小媽媽的陳明瑜安定於生命中的最愛，短瞬靠岸，凝視伊人，好像所有心的傷口全都一一療癒，然而這同時也是幸福終點站的預告。邱承歡因為一場車禍身亡，與陳明瑜說了「來不及說出口」的再見，她的世界就此崩塌，然而，邱承歡的家人、陳明瑜的家人、他們共有的律師劉晴逸，以及還捨不得離開的邱承歡魂魄，全都動了起來，他們不斷溯洄從之，又溯游從之，只為撐持即將跟著粉碎的陳明瑜。

第三部《向有光的地方走去》，陳明瑜漸漸老去，女兒邱盈珊漸漸長大，而這一對母女的距離卻如此遙遠，彷彿隔了一條深遠河流。陳明瑜仍在追尋，追憶那早已死去的邱承歡；邱盈珊也在追尋，尋找可以隨與大哭、大笑，並且毫無障礙擁抱母親的可能。

三部小說細細讀來，正如一首交織涼冷水色及溫熱光暈的〈蒹葭〉迴旋，為了讓生命更完整而不留遺憾，小說人物不斷追尋著，他們的靈魂全都安定不下來，只能一次次隨著雪芒蒹葭搖曳不止，盼望能因此擠壓出一個翻新的人生劇本、一次活得更好的機會。

二、蒹葭迴旋

（一）以愛為名的曲折迴廊

愛如一條蜿蜒曲折的迴廊，每一個人置身其中，卻又倍感寂寞，究竟要飄盪到什麼樣的程度、割捨掉什麼樣的風景，才能在盡頭迂迴處發現真實躍動再沒有其他理由捆縛住的愛呢？《魔法雙眼皮》中的立委女兒陳明瑜，有著令人羨慕的家世背景，卻一直在這條以愛為名的路上飄飄盪盪，始終靠近不了平凡家庭的小小幸福生活。

太多太多的大人，習慣在愛的面前，加上許多條件，好像愛不是天生自然存在，而是經過層層嚴選包裝的附屬品。當愛不再單純只成為獨立的動詞與名詞之後，那一條通往愛的路徑，勢必也跟著曲曲折折，而又有多少年輕的孩子能夠參透那迂迴繁複路程後的真實情感呢？

國中花樣少女陳明瑜，渴望擁抱忙於選舉的父母、忙於課業的姊姊，但手一伸，唯有滿滿的空氣冷冷回應。當她發現所有的人都有個珍貴的小角落可去，而自己卻一無所有時，內心的寂寞撕扯得更劇烈了，於是她決定做一件讓所有人都能牢牢記住的事，如果愛還遲遲不來，那麼她要竭盡所能吸引愛的目光，讓自己被愛、被一點一滴看見。

手工打造一雙新月形雙眼皮，是陳明瑜送給自己的魔法，這魔法得經過汗水與淚水浸漬的灼熱痛苦，在眼皮貼上膠帶，不能中途撕下，等到眼皮皮膚潰爛，等到傷口結痂、脫落，那受傷萎縮的眼皮產生一道如彩虹般的弧線下陷在眼瞼上，健康的眼皮一蓋下來，魔法才算完成。好像，如果不曾經歷直逼刀口的斷喪，美麗便不會那麼真實，關愛也不會那麼靠近，而陳明瑜不只是想要一雙人人稱讚的雙眼皮眼睛，她更需要一種被別人看見的疼痛。

秋芳透過異想天開而又荒謬殘忍的雙眼皮，打造魔法，向所有延宕愛、不懂愛的大人，揭示最荒僻深冷的地方，莫過於以愛為名的曲折迴廊。

火辣辣的劇痛中，一向只管認真讀書的姊姊現身，幫忙陳明瑜冰敷眼

皮、擦消炎藥膏，姊姊的舉止，看在她的眼裡，正是一個神奇而溫暖的魔法：「其實沒有那麼痛了，可是我想讓她知道我曾經很痛很痛。怎麼會忽然不覺得那麼痛了？也許是因為身邊有人讓我放心了，不再害怕自己會因為疼痛無聲無息死去；也許是因為姊姊在我身邊，我覺得很溫暖，不用再自己一個人了！」

陳明瑜其實不大怕眼皮上的疼痛，她只怕自己哪天變形為卡夫卡的甲蟲人時，卻得不到任何一個關心的擁抱，屆時，心底的撕裂傷口，才真真會要了她的命。然而，姊姊給出短暫溫暖又隨即抽手的抉擇，還是重重割傷了她！在「需要」與「被需要」的天平上，誰能給出毫無偏差與瑕疵的絕對公平呢？我們能夠做的唯有更優雅從容地行走於兩者之間，不期待太多、也不失落太多，一旦自己足夠壯大之後，就能發現，照顧別人，其實也是一種飽滿的快樂。

陳明瑜在以「愛」為名的曲折迴廊裡，來來回回地追尋伊人身影，期待能夠紮紮實實填滿心中過多的缺口，雙眼皮魔法是她送給自己的禮物，儘管魔法無法阻止她「不要說再見」的殷切渴望，卻也已經帶領著她看見「伸展豐厚羽翼照顧家人、溫暖別人」的美好可能。

（二）書寫自己的人生劇本

目送心愛的小狗小黑奔向主人的懷抱時，陳明瑜心裡頹然想著：「小黑一邊走，一邊回頭，走幾步，就停下來，看看我，又回頭走幾步，再停下來，看看我。牠是不是像我一樣，回想起我們第一次見面，我那爛糊糊的眼皮，然後是黑黑的一層硬疤，直到現在有一雙漂亮的雙眼皮了……，可是，生活還是不斷不斷向前滾去，雙眼皮根本沒有魔法。」

原來，魔法不是消失，而是從來不存在，那麼，那雙狠狠經歷過淚水和汗水嚙咬的疼痛日子，又算什麼呢？沒有撫慰人心的體貼答案，只剩下曾經燃燒過的意志力所發出的微弱聲響，不停迴盪著，彷彿這意志力是失效魔法的咒語一般。

而其實陳明瑜擁有一種「奇異又堅決的意志力」，她總能憑著這股力量，完成所有人眼中不可能的艱鉅任務。她把全部的意志力放在打造一雙刻著殘忍與疼痛的美麗雙眼皮，她也可以在遇見一隻流浪狗之後執著相信牠就是幸福的全部，並且突然領悟「她所有的意志力、所有的時間、所有的努力，都要放在一個可以好好去愛、好好去照顧別人的地方。」

儘管日子無情向前奔去，而那些曾經銘記歲月的驚人意志力，卻始終波光瀲灩，隱伏著海浪噬天捲地的密語。

隨著秋芳的引領，我們可以發現所有穿走在三部小說中的主要人物，全都擁有波動生命水紋的意志力漣漪！邱承歡為了堅持「做自己」的意志力，倉促揮霍人生劇本，以玫瑰紅摩托車及全身腥紅的自己畫下句點；陳明瑜父母為了堅持「選舉為重」的意志力，改變了自己也改變了兩個女兒的人生可能；律師劉晴逸為了保有「法庭上的正義」，鍛鍊出不輕言放棄的意志力……。

秋芳透過各種意志力的呈顯，一再向讀者揭示：每一個人都是自己的巫師，而魔法則象徵我們一直信仰的生活內容，意志力便是開啟魔法的鑰匙，它是一句蘊藏飽滿生命力的咒語，什麼樣的咒語決定什麼樣的魔法，同時也撰寫出一種截然不同的人生劇本。

悠悠流光，就這樣不能遏阻地走入第二部小說《不要說再見》。我們看見長大的孩子、老去的父母、死去的摯愛，以及一名堅持正義與真相的年輕律師，一部又一部彩繪著各式色調的人生劇本，為了一場車禍事故而相互交疊在一起，共有一頁「溯洄從之，溯游從之」的纏鬥堅持，在破碎的故事中，試圖尋找黏合彼此的希望。

除了意志力的鑰匙之外，書寫自己的人生劇本，同時也成為催動魔法的主要關鍵。

秋芳以「陳明瑜、陳明瑜媽媽」和「邱承歡、劉晴逸」兩組人物作為強烈對照，前一組屬於「消極的被書寫者」，後一組則代表「積極的書寫者」，由此映照出不同的書寫態度，也暗示了魔法存在與否的路徑。

陳明瑜緊緊握著「不想說再見」的劇本，然而怎麼可能永遠不說再見呢？當她相繼送走小黑、送走爸爸、媽媽、姊姊，沒想到竟也得眼睜睜送走摯愛的丈夫阿歡時，她停止書寫劇本，把自己活在最悲傷的時刻，沒有過去亦沒有未來，剩下的劇本只得靠著家人和律師為她逐字逐句寫下。

而前立委夫人——陳明瑜的母親，在車禍賠償調解會現場，赫然清楚明白，呼風喚雨的時代早已過去了，原來那段曾經辛苦過、也風光過的劇本，是由選票書寫而成，一旦選舉崩盤，便什麼都不剩！而那始終被排在選舉之後的女兒，在她驚覺一無所有的那一刻，成為劇本上唯一的句子。

消極的被書寫者，唯有無止盡等待魔法的出現，而魔法其實不曾遠離，它一直藏在書寫的筆端，只是那枝書寫人生劇本的筆，早已被遠遠拋擲、遺忘了。

邱承歡恰恰相反，即使肉身已死，剩下飄飄搖搖的魂魄，卻仍積極書寫他在人間徘徊的最後依戀：他要所愛的每一個人，能夠繼續存活下去。

為了完成這個心願，他傾盡全力引領著律師劉晴逸回到事故現場發現車禍真相，然後，成為一個不得不說再見的「鬼」，用鬆開的雙手寫下「放棄」。這一種放棄與陳明瑜的冷然放棄不同，邱承歡用他的溫熱放棄，成就了最後的深情和堅決。

秋芳以淒涼而又絕美的姿態，安排邱承歡的飄逝，即便蒹葭蒼蒼掩埋了伊人離去的路徑，我們還是相信凝結成霜的白露卻始終記得當時步履行走過的熱熱溫度。

積極書寫者如邱承歡的最後成全，劉晴逸則是戮力忠於自我。在生命的劇本上重重烙下「成為一個很不一樣的律師」印記，期盼這樣的自己能為充斥關說的法庭，帶來更多的真相與正義。

她的電腦裡，鮮明的「三不『三不』原則」資料夾，以及「笨蛋」資料夾，訴說著她的自我堅持，一點一滴雕塑出心中的律師高度，為每一樁走入法庭的故事，縫補破碎的傷口。積極書寫生命劇本的人，主動尋找啟動魔法的關鍵按鈕，他們從不等待，他們只全力以赴創造魔法。

秋芳以強烈而鮮明的書寫生命態度對照，間接告訴所有讀者：我們是自己的魔法師，無論碰到任何困難，只要不輕易放下書寫的筆，魔法，一定會在「某一個時候、某一個地方」，和我們相遇。

（三）向有光的地方走去

歲月從來不懂得停留的可能，即便人生已千瘡百孔，時光仍然無情向前推移。第三部小說《向有光的地方走去》，不願意和邱承歡說再見的陳明瑜，繼續活在愁雲慘霧中，她將整個自己浸泡在螢幕裡的人、事、物，推開女兒、推開第二任丈夫松崗，只擁抱電視，那是她能夠全然放心投入的世界，同時也是最安全能夠不受傷、不說再見的長長距離。

陳明瑜帶著想念邱承歡的悲傷漸漸老去，女兒邱盈珊則不笑也不哭，不懂溫暖和擁抱，日日孤單地長大。

秋芳在這部小說的開頭，施了一場小小的、卻甜美得讓人無法呼吸的羅曼史魔法，讓幾乎什麼都不擁有的邱盈珊，從家裡的床上位移至山中河谷，和一個原住民男孩拉那路相遇，這是盈珊展開書寫人生劇本的關鍵旅程。拉那路告訴盈珊：「會笑的珊瑚，好棒的名字！每個人的名字，都在預言我們

的未來。」

她第一次明白自己的名字訴說著美好的可能，然而，她怎麼從來不曾在媽媽的臉上，發現「禮物」般的這一句幸福密語呢？

一塊本應透明光燦無瑕的美玉——陳明瑜，卻將所有的意志力全放在不得不說再見的傷心過往，從此不再明亮，只能一層一層地褪盡、黯去。我們發現，小說中的每一個人，都擁有一個預言未來的好名字，但並不是每一個人都能朝著名字所預示的美麗未來前進。

如果「名字」可以預言各種美好未來的可能，那麼「意志力」則預言一段能否持續發亮的人生。一直秉持「堅強的意志力」能夠召喚各種不可思議魔法的秋芳，深深相信無論環境多艱難、考驗多嚴苛，只要一直朝向有光的地方走去，一定能夠走出一條活得更好的路，而這樣的幸福信仰，我們在《向有光的地方走去》小說中清楚見證。

「相信」的力量那麼的重要，卻又那麼的不容易取得，似乎只有在死神的砧板面前，人在無能抵抗、逃離的瞬間，才能清楚看見自己。

陳明瑜的國中好友小瑤，一直以「自己想要成為的樣子」過了好幾年，直到發現自己罹患胃癌，才開始徹底重新檢視自己的人生，赫然醒覺，這一路走來，錯過太多人與人之間的情感掛鉤，自以為聰明的生活選擇，其實一點都不聰明，只是一次又一次揮斬人與人之間繁複難解的關係罷了。這一次，小瑤自然而然地接受好友明瑜的細心照顧，也毫不猶豫地相信了盈珊的神祕位移事件，更和盈珊的朋友小蝶、阿妙，成為忘年好友。生命中層層包裹的嚴謹面具，全面卸下，這是小瑤最虛弱的時候，同時也是她靠自己最近的時刻。

這個垂死前的生命劇本，意外地發光發亮，並且為每一個還可以繼續活著、繼續愛著的朋友，點了一盞溫黃的暖燈。

又一次面對即將說再見的好友小瑤，這一次，陳明瑜不再繼續躲在電視築成的冰冷結界，她找到了一絲生機，看見光的可能。小瑤告訴明瑜，盈珊的消失或許是應明瑜潛意識裡的「召喚」才發生，因為明瑜始終哀哀相信：身邊的每一個人都會憑空消失。原來，相信的力量如此巨大，巨大到可以撼動人生、改寫結局！秋芳藉由盈珊的位移事件，告訴每一個在晦暗幽谷孤獨行走的人們：相信光，光便會出現；相信前方只剩下黑暗，就永遠到不了出口。

小瑤離開人世前殷殷叮囑明瑜：「一定要為自己做快樂的事，一定要重視人與人之間的情感掛鉤。」這是小瑤一輩子最深的遺憾，也是她送給明瑜最後也最珍貴的禮物。

明瑜的人生，開始暈染出薄薄微光，一場漫天漫地幾乎淹沒大地的豪雨，松崗回來了，盈珊會大笑、也會大哭了，明瑜終於懂得，張開雙手，擁抱現在。小說結尾，用盈珊的視角詢問著：「原來，我們有我們的煩惱，大人也有大人的不如意，攤在我們眼前的，到底是什麼樣的人生呢？我們要怎麼才能學會，一輩子，向有光的地方走去？」

這是一個疑問句，同時也是一個肯定句，我們得一輩子種植、澆灌「向有光的地方走去」的堅強意志力，才能更勇敢而無懼地面對所有攤在我們面前的各色人生，而這也是秋芳撰寫「光」之三部曲所要送給讀者的一輩子魔法。

三、悠揚回聲

《魔法雙眼皮》、《不要說再見》、《向有光的地方走去》這三部少年小說，處理生命中各種疼痛議題，每一道傷口，都訴說著一個關於愛的故事，以及一段長長的復原過程。

三千年前的詩人，始終在蒹葭蒼茫的水岸邊溯洄與溯游，在看得分明、卻又無法靠近的深深凌遲裡，一遍又一遍負傷追尋著；而三千年後的秋芳，以「光」之三部曲發出悠揚回聲，細細為冰冷而絕美的〈蒹葭〉，敷上一層溫暖曙色，為每一個渴望愛、卻只能用寂寞掩蓋傷口的孩子，輕柔上藥，並且殷殷叮嚀：記得唷！只要一直一直向有光的地方走去，無論世界變得如何，魔法一直都在，愛也在。

本文作者陳依雯小姐，東吳中文系，中山大學中文碩士，現為黃秋芳創作坊專任教師；著有教學專書《作文得分王——應考作文法寶》、文學論述《新感覺派小說的頹廢意識研究》；《小作家》月刊二〇〇九年「從古典小說學作文」、二〇一〇年「從經典小說學作文」作文專欄作者。喜歡閱讀、書寫，帶領孩子踏進書寫世界，經營新聞台「曙色羽翼」http://mypaper.pchome.com.tw/news/hilde0301。

作者簡介

黃秋芳

一九六二年生，台東大學兒童文學碩士。曾獲台灣兒童文學協會童話首獎、文建會全國兒歌創作獎、九歌少年小說創作獎、台東大學童話創作獎、九歌九二年度童話獎；教育部文藝獎小說組首獎、吳濁流文學獎、中興文藝獎章小說獎、法律文學獎小說創作特別獎。著有「光」之三部曲《魔法雙眼皮》、《不要說再見》、《向有光的地方走去》。

在中壢、新竹成立「黃秋芳創作坊」，網址在：http://www.5877.com.tw/；新聞台「巨蟹座的水國」：http://mypaper.pchome.com.tw/news/hi5877/。

繪者簡介

李月玲

復興美工畢業。高中時參加全國環境保護漫畫比賽獲高中組第二名，曾在《兒童日報》發表彩色連環漫畫「記得當時年紀小」；曾擔任宏廣卡通公司原畫師，現為專業插畫家。

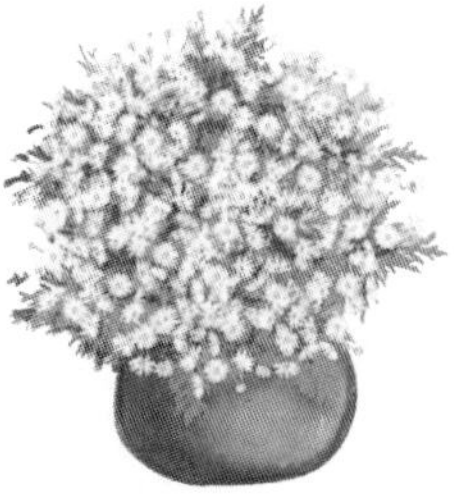

九歌少兒書房⑱③

向有光的地方走去

定價：230元
第46集　全套四冊920元

著　　者：黃　秋　芳
繪　　圖：李　月　玲
責任編輯：鍾　欣　純
發 行 人：蔡　文　甫
發 行 所：九歌出版社有限公司
台北市105八德路3段12巷57弄40號
電話／02-25776564・傳真／02-25789205
郵政劃撥：0112295-1
九歌文學網：http://www.chiuko.com.tw
登 記 證：行政院新聞局局版臺業字第1738號
印 刷 所：晨捷印製股份有限公司
法律顧問：龍躍天律師・蕭雄淋律師・董安丹律師
初　　版：2010（民國99）年5月10日
初版2印：2011（民國100）年6月

ISBN　978-957-444-685-8　Printed in Taiwan
書號：A46183

國家圖書館出版品預行編目資料

向有光的地方走去／黃秋芳著，李月玲圖.
--初版.--臺北市：九歌, 民99.05
面； 公分. --(九歌少兒書房; 第46集
；183)

ISBN 978-957-444-685-8 (平裝)

859.6 99005779

九歌少兒書房